그냥 명절은 노는 날 아닌가요?

# 명절은 그냥
# 노는 날 아닌가요?

**초판 1쇄 발행** 2025년 2월 25일

**지은이** 양연주

**그린이** 박연옥

**펴낸이** 이지은 **펴낸곳** 팜파스

**기획편집** 박선희

**디자인** 조성미

**마케팅** 김서희, 김민경

**인쇄** 케이피알커뮤니케이션

**출판등록** 2002년 12월 30일 제 10-2536호

**주소** 서울특별시 마포구 어울마당로5길 18 팜파스빌딩 2층

**대표전화** 02-335-3681 **팩스** 02-335-3743

**홈페이지** www.pampasbook.com | blog.naver.com/pampasbook

**이메일** pampasbook@naver.com

값 12,000원

ISBN 979-11-7026-701-0 (73810)

# 그냥 명절은 노는 날 아닌가요?

양연주 글 · 박연옥 그림

팜파스

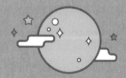

## 어린이 친구들에게

　명절을 생각하면 어린 시절이 떠올라요. 어릴 적에는 설을 지금보다 훨씬 큰 명절로 쇘어요. 왁자지껄하게 떡국을 나눠 먹고 온 동네 어른들에게 세배를 하러 다녔거든요. 때때옷을 입고 어른들께 절을 했지만 사실은 한 푼 두 푼 쥐어 주시던 세뱃돈 욕심이 컸던 것 같아요.

　추석에는 세뱃돈은 없었지만 온 식구가 둘러앉아 송편 빚는 재미가 있었어요. 현구처럼 막장을 송편 소로 넣지는 않았지만, 싫어하는 콩은 슬쩍 빼고, 밤이나 설탕 섞은 깻가루만 잔

뚝 넣곤 했어요. 그러다가 송편을 찌고 나면 어느 것이 밤송편이고 어느 것이 깨송편인지를 알 수 없었지요. 자꾸만 콩이 든 송편이 걸려서 당황하기도 했답니다.

명절은 정말이지 모두에게 큰 잔치였어요. 어디 명절뿐인가요? 절기도 제법 흥성흥성한 날이었어요. 큰 솥에 가득하게 붉디붉은 팥죽을 쑤어서 서로 나눠 먹던 일은 잊히지 않아요. 붉은 팥죽을 배불리 먹고는 나쁜 기운이 우리 집에는 절대로 못 들어올 거라며 든든해했던 기억이 나요.

참, 저는 더위를 많이 타지 않아요. 여름에 에어컨 없이도 잘 견디는 걸 신기해하는 친구에게, 정월 대보름에 더위를 잘 팔아서 그렇다고 우스갯소리를 하곤 한답니다. 정월 대보름

6

에는 더위팔기를 하잖아요. 여럿이 함께 즐거웠던 날은 어느 때는 그날이 청명이기도 했고, 경칩이나 추분이기도 했어요. 하루쯤은 맘껏 달구경을 하거나, 개구리 울음소리에만 귀를 기울이거나, 씨앗을 뿌려 보겠다며 숙제를 슬쩍 미뤄 보면 어떨까요?

수많은 날들 중 자연에 감사하며 가족 모두 함께하는 즐거운 날이 더 많았으면 좋겠어요. 그중 몇 날은 이름 붙이고 싶은 설렌 날이 알차게 들어 있기를 간절히 빌어 봅니다.

동화를 쓰는 일을 감사해하면서, 어린이의 마음을 다정하게 오래 들여다보는 할머니로 자라도록 하겠습니다.

양연주

# 차례

어린이 친구들에게 …5

나만 못 갔어, 해외여행! …10
♣ 우리나라의 명절은 음력으로 쇤답니다 …22

우울하기 짝이 없는 명절이라고! …30
♣ 명절에 하는 세시 풍속이 있어요 …44

결국 할머니네로 끌려왔다 …52
♣ 차례상에는 어떤 예절이 담겨 있을까요? …64

대망의 떡메치기 대회 …68

✚ 명절마다 챙겨 먹는 음식이 있어요 …80

막장 송편이라니! …86

✚ 24절기는 무엇일까요? …98

모든 날이 추석만 같아라 …102

✚ 24절기를 재치 있게 이야기한 속담을 살펴보아요 …114

명절이 기다려지는 이유 …122

✚ 세계에는 어떤 명절이 있을까요? …134

더 식구 형아

# 나만 못 갔어, 해외여행!

드드득.

쉬는 시간이 되자 회장은 교실 뒤쪽 게시판에 붙은 달력을 뜯고 있었다. 내일이면 9월이니 뜯을 때가 되긴 했다. 기지개를 켜며 화장실이나 갈까 하는데 갑자기 귓가에 회장의 목소리가 화살처럼 꽂혔다.

"야호! 빨간 글씨가 다섯 개야."

화장실에 갈 때가 아니다. 나는 후다닥 게시판으로 뛰어갔다.

"진짜야?"

"와! 그럼 다섯 밤이나 학교 안 오는 거야?"

나뿐만이 아니라 교실 밖으로 나가려던 아이들이 우르르 달력 앞에 모여들었다. 우리는 기대감에 찬 달력을 보았다.

9월 달력에는 내가 좋아하는 감나무가 그려져 있었다. 감나무에 매달린 감이 새빨갛다. 그 옆에 그려진 단풍잎도 빨갰다. 하지만 우리 눈을 사로잡는 빨간색은 숫자였다. 9월 마지막 주에 빨간 숫자와 글자가 줄지어 있었다. 수, 목, 금, 토, 일.

"이얏호! 신난다. 노는 날 진짜 많아!"

"맨날 추석이었으면 좋겠다."

"게임 많이 할 수 있어서 완전 좋아."

"작년에는 3일이었는데 올해는 진짜 길어."

"그러게? 신기하다!"

기대감으로 볼이 발그레해진 친구들이 너도나도 떠들었다.

그중 가장 목소리가 큰 사람은 당연히 나 이현우다.

"올 추석이 목요일이라서 그런 거야. 명절에는 앞날과 뒷날에도 쉬잖아."

까만 안경테를 콧등 위로 올리며 은수가 설명해 줬다. 역시 은수는 모르는 게 없다. 그러니까 은수 말로는 추석이 목요일이라서 수요일과 금요일에도 쉬고, 토요일과 일요일은 원래 휴일이니까 합해서 5일을 쉰다는 것이다. 맨날 이러면 얼마나 좋을까?

"그럼 내년에도 5일이야?"

"음력 8월 15일이 어느 요일이냐에 따라 다르지."

음력? 은수가 어려운 말을 꺼내기 시작한다. 아무튼 나와 친구들은 휴일이 길어져 좋다. 절로 엉덩이가 실룩실룩한다. 기분이 좋아져 노래도 부르고 아이돌 댄스도 췄다. 민규가 난데없는 소리를 꺼내기 전까지 말이다.

"나 이번 추석에 미국 여행 간다."

미국이라는 말에 나와 아이들의 눈이 달력을 봤을 때보다 더 커졌다.

"뭐어?"

은수가 호기심에 찬 눈으로 민규에게 말했다.

"어디? 뉴욕? LA?"

으스대던 민규가 은수의 질문에 머리를 긁적였다.

"으응? 그냥 미국이야. 미국 간다고."

은수가 더 묻기도 전에 아이들이 질문 포화를 퍼부었다.

"진짜 좋겠다. 나도 미국 가 보고 싶은데."

"부러워. 너 다녀오면 영어로만 말하는 거 아니야?"

"나도 엄마한테 추석 때 미국 가자고 할래."

모두들 민규를 부러워했다. 그중 가장 부러워하는 사람은 나 이현우다. 하지만 이번에는 아까처럼 제일 큰 목소리로 속마음을 말하지 않았다. 마치 달팽이가 제 집에 들어가듯이 목소리가 목구멍으로 쏙 들어가 그저 웅얼거렸다.

“나도 해외여행 가고 싶은데.”

올 설 연휴에도 그랬다. 봄 방학이 시작되기 전에 민규는 지금처럼 으스대며 말했다.

“으, 추워. 베트남은 진짜 날씨가 따뜻했는데. 망고도 진짜 맛있어.”

“민규야. 연휴 때 베트남 갔다 왔어?”

“응. 가족 여행.”

“나도 베트남 작년 추석 때 갔었어. 쌀국수 진짜 맛있지?”

은수의 말에 민규는 신나게 말했다.

“오호, 은수 너는 나랑 같은 베트남파네.”

“베트남파?”

“응. 베트남 여행 다녀왔으니 베트남파지.”

민규가 하이파이브를 하려고 손을 들자 은수가 못 말린다는 표정으로 민규와 손바닥을 마주쳤다. 나는 둘의 대화가 아주 잘 들렸지만 못 들은 척했다.

'치. 그게 뭐 하이파이브까지 할 일인가.'

충격적인 것은 연휴 때 해외여행을 다녀온 친구가 민규만이 아니었다는 것이다. 대만, 싱가포르, 태국… 나라도 다양했다. 게다가 민규는 이번 추석에도 해외여행을 가는 것이다. 설 연휴 때 양평 할머니 댁에 다녀온 나는 친구들의 말에 기가 팍 죽었다.

'부러워. 또 얼마나 떠들어 댈까?'

수업이 끝나고 집에 돌아오는데 연휴가 5일이라는 게 전혀 신나지 않았다. 나는 한 번도 해외여행을 가 본 적이 없다. 비행기도 딱 한 번 타 봤다. 할머니의 칠순을 축하하는 제주도 여행이었다는데, 나는 기억나지도 않는다.

엄마 아빠는 이번 추석에도 양평에 가자고 할 것이다. 양평 시골에는 할머니가 계셔서 설, 추석에는 늘 양평에 갔다. 할아버지가 돌아가시고 나서는 더 자주 갔는데, 작년에는 명절에도 가고 어버이날, 여름휴가 때도 갔다. 그렇게 자주 가는데,

이번 연휴 때는 안 가도 되지 않을까?

결심했다! 이번 연휴 때는 우리도 해외여행을 가자고 해야지.

저녁을 먹고 엄마와 아빠는 과일을 먹으며 뉴스를 보고 있었다. 나는 엄마 아빠가 앉은 소파 주변을 왔다 갔다 했다. 그 모습을 흘끔 보던 아빠가 말했다.

"현우야. 배 아프냐? 참지 말고 화장실 가."

내가 아무 말이 없자 엄마가 나를 보았다.

"왜, 할 말 있니?"

나는 최대한 공손한 태도와 말씨로 입을 열었다.

"우리 반은 여자가 열네 명이고 남자가 열다섯 명이야."

내 말에 엄마와 아빠가 뜬금없다는 얼굴을 했다.

"그런데 그 애들 중 절반이… 아니 거의 다, 아무튼 많이 해외여행을 다녀왔어."

"그래?"

"베트남, 중국, 일본, 대만도 있어. 아무튼 많이 가나 봐."

17

"그렇구나. 해외여행이 인기라더니 정말인가 봐."

엄마가 고개를 끄덕이며 해외여행의 인기를 순순히 인정했다. 나는 희망이 샘솟는 것 같아 냉큼 말을 덧붙였다.

"근데 나는 다른 나라를 한 번도 안 가 봤잖아."

내 말에 아빠는 생각에 잠기는 얼굴을 했고 엄마도 고개를 끄덕였다.

'이만하면 반응이 괜찮은 것 같은데?'

"비행기도 안 타 봤고."

"현우야. 전에 제주도 갔을 때 탔잖아."

"그래. 비행기 안에서 귀 먹먹하다고 막 울고 그랬는데."

"아, 그거 말고 해외로 가는 비행기 말이야."

내가 다급하게 대꾸하자 엄마와 아빠가 입을 다물었다.

"나도 해외여행 가고 싶어."

내 말에 아빠는 턱을 쓰다듬었다. 그러다 이내 시원스럽게 외쳤다.

18

“그래. 가자!”

“저, 정말?”

나도 모르게 말을 더듬었다. 이렇게 쉽게 해결될 줄 몰라 오히려 이상했다.

“여보. 우리 현우도 외국 한 번 데려갑시다.”

아빠가 엄마를 보며 말하자 엄마가 잠시 생각에 잠겼다 결심한 얼굴로 말했다.

“그래. 우리 가족도 한번 해외여행 가자!”

“우아! 엄마, 아빠 최고!”

나는 자리에서 덩실덩실 춤을 추었다. 드디어 나도 해외여행파가 되는 거다! 이왕이면 미국에 가면 좋겠다. 미국이 너무 멀다면 중국도 좋고, 베트남도 좋고, 일본도 좋다! 비행기 타고 외국에 가는 거라면 다 오케이다.

“내년에 적금 타니까 슬슬 계획을 세워 보자.”

이어지는 엄마의 목소리에 춤을 추던 동작이 그대로 멈춰졌

다. 내년이라고?

"내년? 이번 추석이 아니고?"

나도 모르게 목소리가 높아졌다.

"엄마, 이번 추석에 가자. 5일이나 된다고! 민규는 미국에

다녀올 거래. 그러니까, 우리도…….”

　내 말이 끝나기도 전에 엄마 아빠가 동시에 단호한 얼굴로
말했다.

　“안 돼.”

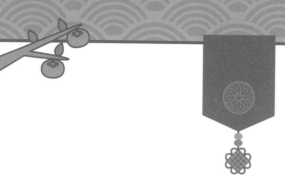

# 우리나라의 명절은
# 음력으로 쇤답니다!

올해는 추석이 언제인가요? 9월에 있나요? 10월에 있나요? 어? 이상하다? 작년과 날짜가 다르다고요? 그건 우리나라 명절이 음력(陰曆)을 기준으로 지내기 때문이에요. 음력은 옛날 사람들이 날짜를 헤아리는 방법을 말해요. 날짜를 헤아려 정하는 방법을 역법(曆法)이라고 한답니다.

우리가 지금 쓰는 달력은 지구가 태양을 한 바퀴 도는 기간을 1년으로 삼은 역법인 태양력을 쓰고 있어요. 태양

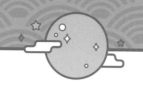

력은 고대 이집트에서 만들어졌고, 점점 발전해 오늘날 쓰는 달력인 그레고리력으로 완성되었답니다. 우리나라는 1895년부터 그레고리력을 쓰기 시작했어요.

## 옛날 사람들은 달을 보며 날짜를 헤아렸어요!

그렇다면 그 이전에는 어떤 달력을 사용했을까요? 옛날 사람들은 양력이 아니라 음력을 사용했어요. 음력은 달이

차고 기우는 모습을 보고 만든 역법이에요. 지구에서 보는 달의 모습이 한 달 동안 여러 모습으로 바뀌거든요. 상현달, 보름달, 하현달을 거쳐서 완전히 사라질 때도 있어요.

옛날 사람들은 달을 관찰해서 보름달이 점점 기울다 다시 보름달로 돌아오는 동안을 한 달의 시간으로 삼았어요. 하지만 음력은 실제 지구의 공전 주기와는 차이가 있어 정확하지 않았지요. 그래서 현재는 대부분 양력을 사용하고 음력으로는 이슬람 지역에서 쓰는 이슬람력이 쓰이고 있답니다.

이렇게 옛사람들이 음력을 사용했기 때문에 옛날부터 즐기고 기념해 온 명절은 음력을 기준으로 삼아요. 옛날 선조들은 거의 매달 명절을 즐겼다고 해요. 그런데 을미개혁, 일제 강점기, 한국 전쟁을 거치면서 명절 대부분이 이름만 남거나 아예 없어졌지요. 지금은 설과 추석만 나

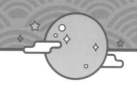

라에서 지정하는 공휴일로 쉬는 명절이에요.

## 우리나라의 대표 명절을 살펴보아요!

### ✿ 새해를 여는 첫날, 설

한 해를 시작하는 설날은 바로 음력 1월 1일이에요. 우리 민족의 전통적인 명절로 음력의 한 해를 시작하는 것을 기념하는 날이지요. 설날 하루 전날과 다음 날은 법정 공휴일이에요. 이날은 가족들이 모여 조상에게 차례를 지내고 세배를 합니다. 한 해가 지나고 새로운 날을 맞이하는 것은 언제나 설레는 일이에요.

25

### ✤ 한해의 첫 보름, 정월 대보름

지금은 거의 이름만 남아 있는 명절이지만 정월 대보름도 옛날에는 매우 큰 명절이었답니다. 정월 대보름은 음력 1월 15일로, 새해가 되고 처음 뜬 보름달을 보는 날이에요. 옛날 사람들은 보름달을 '복을 주는 매우 상서로운 존재'로 여겼어요. 그래서 새해 첫 보름달을 보며 온 가족이 맛있는 음식을 먹고 놀이를 즐기곤 했답니다.

### ✤ 초여름에 풍년을 기원하는 명절, 단오

단오 역시 옛날에는 큰 명절이었어요. 단오는 음력 5월 5일이에요. 양력 5월 5일 어린이날이고, 음력 5월 5일은 단오이지요. 단오는 수릿날이라고도 부르는데 일 년 중 최고의 날이라는 뜻이 있어요.

우리 조상들은 세상 모든 것이 밝은 볕 기운과 어두운

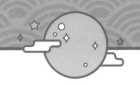

음력
5월 5일
단오

음달 기운이 조화를 이루어서 만들어졌다고 생각했어요. 날짜나 숫자도 그렇게 생각해서 1, 3, 5, 7, 9와 같은 홀수를 양(陽, 볕 양)의 숫자, 2, 4, 6, 8, 10 같은 짝수를 음(陰, 응달 음)의 숫자라고 했어요. 5월 5일은 양의 숫자가 두 개나 겹쳐서 좋은 날이라고 여겼답니다.

### ✤ 견우와 직녀가 만나는 날, 칠석

음력 7월 7일은 칠석이라고 불러요. 칠석에는 전설 속 견우와 직녀가 1년에 딱 한 번만 만난다는 날이에요. 전설에서 이 둘은 은하수를 사이에 두고 동쪽과 서쪽에 떨어져

지내다가 일 년에 딱 한 번 만나는데, 바로 칠월 칠석날입니다. 견우와 직녀는 은하수를 건널 수 없어서 서로 바라보며 눈물만 흘렸는데, 이를 안타깝게 여긴 까치랑 까마귀가 날개를 펴서 다리를 만들어 주어 만날 수 있었답니다. 그 다리 이름은 오작교예요. 참 아름다운 이야기지요?

### ✿ 가을날 가장 큰 보름달을 맞이하는 명절, 추석

추석은 음력 8월 15일로 한가위라고도 불러요. 가을의

**음력 8월 15일**

한가운데이고, 팔월의 한가운데 날이라는 뜻입니다. 1년 중 가장 큰 보름달이 뜨는 날로 우리 민족의 가장 큰 명절이에요. 추석 즈음은 곡식과

28

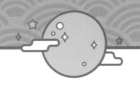

과일들이 막 익기 시작해서 가을 추수를 앞둔 시기예요.
그래서 풍년을 기원하고 조상에게 감사하는 것이 추석날
의 의미랍니다. 추석은 한자로 풀어 보면 '가을 저녁'이라
는 뜻이에요.

# 우울하기 짝이 없는 명절이라고!

나는 단식 투쟁 중이다. 엄마 아빠가 내 말을 들어주기 전까지는 절대! 밥을 먹지 않을 거다. 엄마 아빠가 무슨 말을 들어주냐고? 당연히 추석 때 해외여행을 가자는 말이다. 어제저녁에 엄마 아빠는 또 이번 추석에 양평에 간다고 했다.

"싫어! 민규는 미국에 간단 말이야. 엄마도 아까 해외여행 가자고 했잖아!"

"애는? 엄마는 내년에 가자고 한 거야. 추석에는 안 돼."

"싫어, 싫어! 우리 반에서 나만 해외여행 안 갔어! 다들 추석 때 해외여행 간다고!"

나도 모르게 목이 메고 눈물이 펑펑 솟았다. 엄마가 너무 딱 잘라 말하니까 서러운 기분이 들었다. 그 김에 엉엉 울어 버리자 엄마는 당황한 얼굴을 하고 아빠는 안쓰러운 표정으로 내 등을 쓸어 주었다. 그러자 울음이 좀 잦아들었다.

"현우야. 치킨 시켜 줄까?"

언제나처럼 치킨으로 달래려는 아빠의 말에 나는 자리에서 벌떡 일어났다.

"싫어! 치킨 안 먹어! 아니 해외여행 갈 때까지 나 밥 안 먹을 거야!"

이렇게 해서 시작된 단식 투쟁인데, 아침에 눈뜨자마자 배에서 꼬르륵 소리가 나서 바로 포기할 뻔했다.

'참아야 돼. 해외여행 가려면.'

　나는 아침 밥상으로 유혹을 당할까 봐 세수하자마자 가방을
메고 학교로 뛰어왔다. 엄마가 밥 먹고 가라고 외치는 소리가
들렸지만 들은 척도 하지 않았다. 저녁도 안 먹을 작정이다.
아니, 집에서는 안 먹을 생각이었다. 학교에서 급식을 최대한
많이 먹어야지.

점심 급식으로 짝꿍이 남긴 국까지 내가 먹어 치웠다.

"시금칫국이라 정말 싫었는데, 진짜 고맙다."

속도 모르는 짝꿍이 내게 고마워했다. 하지만 학교 급식을 잔뜩 먹었는데도 저녁이 되자 또 배가 고팠다. 그럴 줄 알고 미리 편의점에서 초코바를 사 왔다. 이불을 뒤집어쓰고 몰래 먹었지만 아무 소용이 없었다. 왜냐고? 엄마가 저녁 반찬으로 내가 제일 좋아하는 조기구이를 했기 때문이다.

'힝! 일부러 조기 구운 거야!'

나는 밥을 안 먹으려고 애를 썼지만, 엄마가 자꾸 방문을 열어서 조기 냄새가 코를 찔렀다. 이불을 뒤집어쓰고 냄새를 안 맡으려 했지만 어쩔 수 없었다. 엄마는 방문을 활짝 열고 연신 큰 목소리로 말했다.

"와, 조기가 정말 크네. 너무 맛있게 구워졌어."

결국 나는 눈물을 머금고 터덜터덜 식탁 쪽으로 갔다. 엄마는 기다렸다는 듯이 조기구이 살을 발라서

단식투쟁

내 밥그릇 위에 놓았다. 윤기가 자르르한 쌀밥에 노릇노릇한 조기구이는 정말이지 먹음직스러워 보였다. 나는 눈을 질끈 감고 한 숟갈 떠먹었다.

"현우야. 어때? 맛있지?"

"우웅."

나는 한입 가득 밥을 먹으며 대답했다. 정말 맛있었다. 노릇노릇 구운 조기는 입에 넣는 순간 녹아 버렸다. 열심히 먹고 있는 나를 흐뭇하게 보던 아빠가 엄마에게 말했다.

"참, 여보. 올리버 알지? 시카고에 있는 친구."

내가 더 어렸을 때 아빠는 미국에 파견 근무를 나갔다고 했다. 엄마가 파견 근무는 얼마 동안 다른 데서 일하는 것이라고 말해 주었다. 올리버는 그때 아빠와 함께 일한 동료인데, 어릴 적 우리나라에서 미국으로 입양을 간 사람이라고 했다.

"이번에 보름간 휴가를 온다고 하네. 우리 집에 며칠 초대하는 게 어떨까? 미국에 있을 때 워낙 도움을 많이 받았으니까.

당신 생각은 어때?"

"음… 괜찮아. 외국인과 함께 생활해 보는 것도 좋은 경험이지, 뭐."

엄마는 조기 살점을 뚝 떼서 내 밥 위에 올려 줬다. 마음과는 달리 순식간에 내 숟가락은 입속으로 들어가 버렸다. 할 수 없다. 일단 밥은 먹고 해외여행을 가자고 설득해야지. 어떤 걸로 설득하지?

'아, 영어! 외국에 가면 외국인이 많으니까 영어 공부가 된다고 하면 되잖아.'

엄마는 영어라고 하면 사족을 못 쓴다. 맨날 영어 학원에, 영어책에, 영어 오디오북에 영어와 관련된 거라면 일단 좋아한다. 나는 번개처럼 떠오른 아이디어에 입이 헤 벌어졌다.

'영어면 엄마도 넘어올 거야.'

그때였다.

"마침 연휴라서 추석도 같이 보내면 좋겠네."

"그래. 외국인이면 우리 현우한테 영어 공부도 알려 줄 수 있겠는걸."

마치 내 속마음을 읽은 것처럼 엄마 아빠가 이야기를 주고 받았다.

나는 숟가락을 들고 씩씩댔다. 그런 나를 보고 엄마는 알았다는 듯이 또 조기 살을 발라 밥 위에 얹어 주었다. 하지만 이번에는 밥을 퍼먹지 않았다.

정말이지 되는 일이 없다. 조기고 뭐고, 갑자기 입맛이 뚝 떨어져 버렸다. 나는 그대로 자리에서 일어나 방문을 쾅 닫고 들어갔다. 그리고 이불을 뒤집어쓰고 엉엉 울었다.

"엄마, 아빠, 미워! 남들은 다 추석 때 해외여행 가는데, 나만 못 가! 엉엉."

추석 사흘 전날에 올리버가 왔다. 아빠는 차를 몰고 호텔에서 올리버를 데려왔고, 엄마는 올리버가 좋아한다는 음식을

만들기 위해 장을 봤다. 나는 수업이 끝나고 용돈을 털어서 분식집에서 엄청나게 떡볶이를 사 먹었다. 배가 불러서 저녁 생각이 싹 사라질 때까지 먹었다.

집에 와서 만난 올리버는 키가 아빠보다 한 뼘은 더 커 보였다. 손도 크고 발도 컸다. 목소리도 컸다. 올리버는 여섯 살 때 미국으로 간 뒤 한국에 처음 오는 거라고 했다. 아빠 말로는 올리버가 한국말을 아주 조금 한다고 했다. 올리버의 생김새는 한국 사람인데 우리말을 잘 못하니까 좀 이상했다.

엄마가 준비한 저녁 식탁에 올리버와 함께 앉았다. 불고기와 잡채로 푸짐하게 차려져 있었지만 나는 떡볶이 덕분에 밥 생각이 별로 없었다.

"오우, 땡큐 베리 머치(Thank you very much). 정말 머찐 파뤼(party)입니다. 땡스기빙데이(thanksgiving day, 추수 감사절) 같습니다."

올리버는 영어와 서툰 한국말을 섞어 가며 말했다.

"호호, 올리버! 비행기 타고 오느라 고생 많았어요. 인 조이 유어 푸드(Enjoy your food. 맛있게 드세요)."

엄마가 발음을 한껏 굴려서 영어로 올리버에게 말했다. 하지만 내 귀에는 영어보다 '비행기'라는 말이 또렷하게 꽂혔다. 나는 이대로 포기할 수 없다는 생각에 불쑥 졸랐다.

"아빠, 나도 비행기 타고 싶어. 해외여행 가고 싶다고."

올리버의 눈이 커졌고, 엄마 아빠의 얼굴이 붉어졌다. 아빠가 낮은 목소리로 말했다.

"현우야. 할머니는 혼자 계시게 할 거야?"

할머니라면 꼼짝 못하는 나를 공격했지만, 나도 다 생각이 있다.

"할머니도 같이 가면 되잖아."

"올리, 아니 손님은 어쩔 거니?"

이번에는 엄마가 올리버가 들을까 목소리를 낮춰서 말했다.

아, 맞다. 올리버. 눈앞에 있는 올리버 생각을 못했다. 한국

에 있고 싶어서 온 올리버를 데리고 해외여행을 가자고 할 수는 없었다.

이래도 안 되고 저래도 안 된다고 생각하니 또 눈물이 나왔다. 올리버가 있는데도 눈물이 마음대로 나오는 걸 어떻게 할 수가 없었다.

'에라 모르겠다.'

나는 그냥 엉엉 울었다. 처음에는 참으려 했는데 울다 보니 눈물이 줄줄 나왔다. 불고기고 잡채고 다 소용없었다.

"엉엉. 나 밥 안 먹어."

"현우야. 너 오전 수업만 해서 점심도 안 먹었잖아. 저녁까지 굶을 거야?"

"굶을 거야!"

냅다 소리를 지르니 엄마와 아빠의 표정이 단호해졌다. 외국인 앞이니 엄마 아빠도 어쩔 수 없을 줄 알았는데 아니었다. 오히려 올리버가 걱정하는 얼굴로 아빠에게 영어로 말하자

아빠가 대답했다.

"올리버. 현우는 헝거 스트라이크(hunger strike, 단식 투쟁) 중이야."

아빠의 말에 올리버의 눈이 커졌다. 아빠가 올리버에게 영어로 이야기하자 올리버가 고개를 끄덕이더니 아빠에게 또 영어로 말했다. 둘 다 영어로 말하니 무슨 내용인지 알 턱이 없었다. 엉엉 울었더니 목이 말라 나는 물을 마셨다. 아빠는 대화를 마치고 나서 나를 보고 한숨을 쉬며 말했다.

"그럼 현우야. 추석 연휴 마지막 날에 놀이동산 가자."

"노, 놀이동산?"

나는 물컵을 들고 얼떨떨한 얼굴로 물었다. 아빠가 말하기를 올리버가 사정을 알고 연휴 마지막 날에 나를 위해 놀이동산에 가는 게 어떠냐고 제안했다는 것이다. 나는 딸꾹질이 나올 것 같아 남은 물을 다 마시고 식탁에 컵을 내려놓았다.

"진짜지?"

"그래에. 어휴, 놀이동산은 꼭 갈 테니까 이제 그만 울고 밥 먹어."

엄마의 말에 나는 울다 멈추기도 뭐해서 좀 더 울고 불고기와 잡채를 먹었다. 그런 나를 보고 올리버가 빙긋 웃으며 말했다.

"한국… 츄속(추석) 내 소원입니다."

알고 보니 한국에서 추석을 보내는 것이 올리버의 소원이란다. 우리나라에서 추석을 보내는 게 소원이라니 정말 시시했다. 나는 추석이 후닥닥 지나가고 얼른 연휴 마지막 날이 오기를 바랐다.

다음 날, 나는 학교에서 기가 팍 죽은 채로 있었다. 자꾸 민규의 여행 이야기가 들렸기 때문이다.

"현우야. 민규는 나이아가라 폭포 간대. 나이아가라 폭포는 미국에도 있고 캐나다에도 있대. 어떻게 생겼을까?"

짝꿍이 말하자 나도 모르게 짜증이 났다.

"내가 어떻게 알아?"

나는 자리에 엎드려 잠을 자는 척했다. 민규는 쉴 새 없이 미

42

국 이야기만 했다. 게다가 은수도 거기에 보태기 시작했는데 은수네 부모님을 졸라서 내년 설에는 미국에 가기로 했다는 것이다. 엎드려 자는 척했지만 귀가 활짝 열려 있어 미국 이야기가 모조리 들렸다. 차라리 얼른 수업이 시작되면 좋겠다.

# 명절에 하는
# 세시 풍속이 있어요

    세시 풍속(歲時風俗)은 오래전부터 우리 조상들이 해마다 어떤 때가 되면 되풀이해 오던 습관, 풍속을 말해요. 지금처럼 과학이 발전하지 않았던 옛날에 우리 조상들은 사계절에 맞게 생활 양식을 만들고, 사는 지역과 환경에 따라 다양한 문화를 발전시켰답니다. 이런 것들이 세시 풍속으로 지금도 전해지고 있지요.

    우리나라는 주로 농사를 짓고 사는 농경 사회였어요. 그

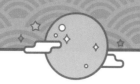

래서 세시 풍속에는 농경과 관련된 풍속이 많답니다. 세시 풍속을 잘 살펴보면 우리의 전통문화에 대해 더 잘 이해할 수 있게 됩니다.

## 옛날 사람들은 명절을 맞아 다양한 전통 놀이를 즐겼어요!

오래전 조상들은 농사일을 할 때 서로 도우며 일을 했어요. 그러려면 협동심을 기르고, 힘든 농사일의 수고를 잊기 위한 활동을 해야 했지요. 이러한 과정에서 전통 놀이가 생겨났답니다. 동화 속에 등장하는 떡메치기 대회처럼 명절을 맞이해 흥겨운 잔치도 열고, 온 마을 사람들이 함께 어울려 재미있는 놀이를 했어요. 전통 놀이를 하면서 한 해 농사가 풍년이 되기를 바라고, 건강에 대한 바람을

담아 기도하기도 했지요. 대표적인 전통 놀이를 하나씩 살펴볼게요!

윷놀이 설이 되면 가족들이 모여 윷놀이를 즐겼어요. 윷놀이는 고려 시대부터 전해진 놀이랍니다. 나뭇가지로 만든 윷가락을 던져서 뒤집힌 개수에 따라 윷판에 말을 놓아 승부를 겨루는 놀이예요. 일종의 보드게임인 셈이지요. 지금도 명절이 되면 윷가락을 던져서 재미난 윷놀이를 하기도 해요. 윷가락은 도, 개, 걸, 윷, 모가 있는데 도는 돼지, 개는 말 그대로 개, 걸은 양, 윷은 소, 모는 말을 뜻한답니다. 사람이 살면서 농사나 식량으로 도움이 되는 가축들의 모음이지요.

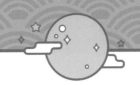

**제기차기**  작은 천 주머니나 가죽 주머니를 발로 차올려서 공중에 띄우는 놀이예요. 여럿이 즐기기에도 참 좋은 놀이지요. 제기차기는 공차기에서 유래된 놀이라고 해요. 그런데 옛날에는 공을 쉽게 구할 수 없어서 간단히 만들 수 있는 놀이인 제기가 생겨났다고 합니다.

**투호 놀이**  입구가 좁은 항아리나 통을 멀리 떨어뜨려 놓고 거기에 화살을 던져 넣는 게임이예요. 투호 놀이는 삼국 시대부터 해 온 놀이라고 해요. 서로 팀을 나눠서 하는 놀이로 전국에서 많이 행했다고 합니다. 옛 궁궐에 가면 지금도 체험할 수 있어요.

47

**연날리기**    설부터 정월 대보름까지 연날리기를 많이 해요. 어린이부터 노인에 이르기까지 연날리기를 즐겼다고 합니다. 특히, 정월 대보름에는 연에 '액(厄, 나쁜 기운)'이라는 글자를 써서 연을 띄운 뒤, 실을 끊어서 연을 멀리 날려 보냈다고 해요. 새해에 나쁜 기운이 사라지고 좋은 기운만 가득하라는 바람을 담은 것이지요. 이 밖에도 연을 더 높이 띄우기 시합을 하거나 상대방의 연줄을 끊는 대결을 벌이기도 했답니다.

**쥐불놀이**    정월 대보름에 마을 사람들이 모여서 하는 대표적인 놀이예요. 마을 논둑이나 밭둑에 불을 지르고 돌아다니며 노는 놀이인데 논밭의 잡초를 태워서 해충이

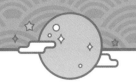

나 쥐의 피해를 줄이려고 한 것이지요. 그렇게 하면 그해
에 농사가 더 잘되겠지요?

지신밟기  마을 사람들이 집집마다 돌아다니며 땅을
밟아서 잡귀를 쫓고 복을 깃들게 비는 놀이랍니다. 나쁜
것은 사라지게 하고 좋은 것으로만 채우고 싶은 조상들의

49

마음을 엿볼 수 있어요.

**줄다리기** 단오나 추석에 많이 하며 두 편으로 나누어 밧줄을 잡아당겨서 승부를 겨루는 놀이지요. 오늘날 체육 대회와 같은 단체 행사에서도 많이 하는 놀이랍니다.

**강강술래** 대표적인 추석놀이랍니다. 둥근달을 보며

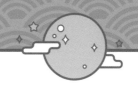

여자들이 모여 손을 잡고 둥글게 서서 빙글빙글 돌며 노래를 불렀어요. 여럿이 한마음으로 할 수 있는 놀이지요. 강강술래는 달을 맞이하고 곡식을 거두게 된 것을 감사하는 의식에서 나왔다고 합니다.

**씨름** 두 선수가 힘과 기술을 겨루면서 상대방을 땅에 넘어뜨려서 승부를 내는 방식이에요. 온몸을 움직여서 힘과 기술을 겨루는 운동이지요. 판단력과 인내심을 기르는 효과가 있을 뿐 아니라 누구나 즐길 수 있는 민속놀이랍니다.

# 결국 할머니네로
# 끌려왔다

　　드디어 추석이 내일모레다. 나는 엄마 아빠, 올리버와 함께 할머니네 집으로 향했다. 양평으로 가는 차 안에서 올리버는 잠시도 가만히 있지 못했다.

　　"오우! 나이스!"

　　하도 감탄을 해서 뭔가 하고 살펴보면 할머니네 갈 때마다 늘 보던 풍경이었다.

'별것도 없는데 뭐가 좋다고 자꾸 저러는 거야?'

나는 뚱한 얼굴로 팔짱을 낀 채 눈을 감았다. 기어이 여행을 못 가게 되자 엄마 아빠는 물론이고 올리버에게도 화가 났다. 올리버가 와서 해외로는 절대 못 나가게 된 것이니까.

'올리버는 왜 하필 추석에 온 거야? 다른 때 와서 놀았으면 좋았잖아.'

나는 할머니 집에 도착할 때까지 혼자 구시렁거렸다. 어느덧 익숙한 마을의 모습이 나타나고 할머니댁에 다다랐다.

할머니는 차에서 내리는 올리버를 보자마자 손부터 덥석 잡았다.

"미국 사람이 온다더니 한국 사람이 왔네. 어서 오슈."

"반갑습미다."

올리버는 할머니에게 서툰 발음으로 인사했다.

"어서 오소. 내 집이다 생각하고 편히 지내시우."

"……."

올리버는 미소를 지으며 어깨를 으쓱하고는 아빠를 바라봤다. 아빠가 영어로 말해 주는 것을 본 할머니는 안타까워했다.

"아이고, 한국말을 못 하는 모양이네."

"Thank you very much!"

"고맙다는 거지?"

할머니는 올리버 대신 나를 보고 물었다.

"네, 아주 고맙대요. 베리 머치는 '아주'라는 뜻이에요."

나는 할머니에게 올리버 말을 전해 주었다.

"아이구, 우리 현우 장하다. 영어를 썩 잘하는구나."

이 정도면 잘하는 게 아닌데 좀 쑥스러웠다. 그래도 할머니 칭찬을 들으니 기분은 좀 나아졌다.

"현구네가 못 온다기에 서운했는데, 올리버가 오니 북적북적하고 좋구나."

현구는 내 사촌 동생이다. 작은아빠네는 제주도에 살아 자주 오기 힘들었다. 설에는 왔는데 이번 추석에는 못 오나 보다.

54

'현구도 안 왔는데! 우리는 왜 꼭 오는 거야?'

이 말이 목구멍까지 올라왔지만 꾹 참아 눌렀다. 나를 보고 반가워하는 할머니를 보니 차마 그런 말을 할 수 없었다. 내 머리를 연신 쓰다듬고 웃는 할머니 때문에 내 표정도 슬그머니 풀렸다.

올리버는 할머니네 집을 두루 둘러보았다.

"이 하우스 너무 머시쓥니다. 원더풀!"

할머니네 집은 한옥이다. 할아버지가 기와를 직접 얹어서 지었다고 한다. 아파트보다는 불편하지만 그래도 여기저기 재밌는 구석이 많다.

올리버는 기와도 찬찬히 쳐다보고, 석가래랑 대들보도 한참 올려다보았다. 그러다가 마루에 있는 소나무 가지를 봤다. 솔잎 냄새를 맡더니 할머니에게 물었다.

"리프? 이거 왜입니까?"

"응? 아, 그거. 이파리. 옳지, 이파리지. 소나무 이파리. 떡 찔

때 쓰려고."

할머니는 신기하게도 올리버 말을 대충 알아들었다. 리프와
이파리가 비슷하게 들리나? 서로 이야기하고 깔깔 웃기까지
했다. 마치 말이 잘 통하는 사이처럼 보였다.

"현우야. 뒷산에 가서 밤 좀 주워 올래?"

마루 끝에 앉아 하품하는 내게 할머니가 심부름을 시켰다.

"올리버 뒷산 구경도 시켜줄 겸 같이 가면 좋겠네."

엄마가 거들고 나섰다.

"내가?"

"그럼 누가 가?"

할머니는 솔잎을 씻고 있고, 엄마는 짐을 풀고 있었

다. 아빠는 할아버지 산소에 가서 벌초를 한다고

했다. 아무것도 안 하는 사람은 나와 올리버뿐이다. 하다못해 누렁이도 새끼에게 젖을 먹이고 있었다.

"어휴."

별수 없이 나는 그저 한숨을 내쉬었다. 올리버는 싱긋 웃더니 나를 따라나섰다.

밤나무가 있는 뒷산을 가려면 마을 길을 지나 언덕을 올라가야 한다. 소음 없이 한적한 풍경에 하늘을 올려다보았다. 올리버도 나를 따라 하늘을 올려다보았다.

"스카이 넘흐 알흠답다요, 효누."

정말이지 하늘은 무척 맑았다. 점점 더 기분이 풀어지는 것 같았다. 맑은 하늘에 비행기 한 대가 날아가고 있었다. 비행기를 보자 민규가 생각났다.

"나는 내일 비행기 거의 10시간이나 타야 돼."

마치 자랑하듯 10시간을 강조하던 민규의 표정이 떠올랐다. 그러자 바로 화가 났다. 나도 모르게 돌멩이 하나를 발로

세게 차버렸다. 첨벙하는 소리와 함께 짤막한 외침이 들렸다.

"웁스(oops, 이크)!"

올리버가 외친 것이었다. 나는 놀라 돌아봤다. 올리버가 팔에 묻은 물기를 닦고 있었다. 돌멩이가 옆에 흐르는 시냇물에 처박히며 물이 튄 것 같았다. 나는 어쩔 줄 몰라 하며 말했다.

"쏘, 쏘리. 올리버."

내가 사과하자 올리버는 빙그레 웃으며 "댓츠 오케이."라고 말했다. 그러다 올리버가 무언가를 가리키며 물었다.

"효누. 저거 무엇입니까?"

올리버가 가리킨 곳에는 현수막이 걸려 있었다.

'추석맞이 떡메치기 대회'

추석에 마을 행사가 열리는 모양이었다. 현수막에는 추석 전날 12시에 대회가 열리고, 어른, 아이로 된 2인 1조로 참여할 수 있다는 내용이 적혀 있었다.

"떡. 떡 알아요? 쌀 케이크."

"쌀? 라이스? 아, 라이스케이크(rice cake). 알아요, 라이스 케이크. 왜입니까?"

나는 손짓 발짓으로 떡을 만들어서 먹는 것을 표현했다.

"내일 한다는데 지루하고 재미없어요."

나는 하품하는 흉내를 내며 고개를 저었다.

"왓? 라이스케이크 마시써요."

아무래도 올리버는 라이스케이크에 꽂힌 것 같았다. 뒷산에서 밤을 주워 온 뒤에도 계속해서 라이스케이크가 맛있다는 말을 했다.

"라이스케이크. 그거 마시씁니다. 게임 있습니다."

올리버는 냠냠 먹는 흉내를 내며 할머니에게 말했다.

"먹는 거? 곧 밥 차릴 테니 많이 드시우."

할머니는 올리버가 배고픈 거라고 알아듣고 웃으며 대답했다. 나는 끼어들지 않을 수 없었다.

"그게 아니고, 할머니. 올리버는 지금 떡메치기 대회 말하는 거예요."

"오호라! 그 얘기구나. 상품이 아주 많다던데? 군수님도 구경 온다고 소문났더라."

"어머? 어른과 아이가 한 팀으로 나가는 거네요?"

엄마는 휴대폰으로 떡메치기 대회를 검색해 보고 있었다.

"애랑 어른? 그러면 올리버가 좋겠구나. 키도 크고 힘도 좋아 보이니."

"올리버랑 현우가 나가면 딱이네요. 올리버에게는 한국 문화를 체험하고, 현우도 게임하는 거 좋아하잖아."

"엄마, 그건 휴대폰 게임이지!"

"얘는, 직접 활동하는 게임이 더 재미있지!"

엄마는 신나서 휴대폰으로 신청 양식을 누르고 있었다.

"됐다, 신청 완료. 20팀인데, 우리가 마지막 신청이야!"

"아이고, 잘했다."

엄마와 할머니는 손을 맞잡았다. 아빠가 올리브에게 대회 이야기를 하자 올리브의 두 눈이 커다래졌다.

"아, 뭐야. 내가 언제 한다구 했어!"

내가 잔뜩 짜증 난 얼굴로 대꾸하자 올리브가 나에게 손을 내밀었다. 하이파이브를 하자는 동작이었다.

"효누, 잘 부타케."

얼마나 기대가 되는지 잔뜩 상기된 올리브를 보고 나는 차마 싫다는 말은 못하고 입을 쭉 내밀었다. 심지어 얼결에 나는 올리브의 하이파이브에 손까지 마주치고 말았다.

'아, 모르겠다.'

# 차례상에는 어떤 예절이
# 담겨 있을까요?

우리는 설이나 추석이 되면 차례 음식을 만들고, 차례상을 올린다는 말을 많이 해요. 차례상은 어떤 뜻일까요? 차례는 명절에 조상에게 제사를 지내기 위해 음식을 차려 놓고 제사를 지내는 것을 말해요. 이때 차례를 지내기 위해 차린 음식상을 차례상이라고 한답니다. 차례상은 조상들에게 감사하는 마음으로 격식을 갖춰서 정성껏 차렸어요.

사는 지역과 문화, 상황에 따라 차례상은 차리는 방식

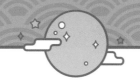

도 다르고 음식도 달라요. 그렇기에 반드시 지켜야 할 규칙이 있는 건 아니랍니다. 그럼에도 대체로 차례상을 차리는 데 흔히 사용되는 방식과 이를 나타내는 명칭이 있어요. 이 차례상 예법은 한자 네 글자로 구성된 사자성어로도 알려져 어쩌면 들어 본 친구들도 있을 거예요. 차례상 예법에 관한 표현들을 하나씩 살펴볼게요.

**조율이시** 조율이시(棗栗梨枾)는 한자 '대추 조', '밤 율', '배나무 이', '감나무 시'로 구성된 말이에요. 대추, 밤, 배, 감은 제사상에 올리는 네 종류의 대표 과일을 말합니다. 제사상에 올릴 때는 왼쪽부터 대추, 밤, 배, 감 순서로 올린답니다. 이 네 과일에는 조상의 가르침, 자손의 번창을 기원하는 의미가 담겼어요.

**홍동백서** 홍동백서(紅東白西)는 한자 '붉을 홍', '동녘 동', '흰 백', '서녘 서'로 구성된 말이에요. 제사상에 올리는 음식 중 붉은색 과일은 동쪽에, 흰색 과일은 서쪽에 놓는 방식을 나타낸 사자성어지요.

**어동육서** 어동육서(魚東肉西)는 한자 '물고기 어', '동녘 동', '고기 육', '서녘 서'로 구성된 말이에요. 제사상에 음식을 올릴 때 물고기는 동쪽에 놓고 육고기는 서쪽에 놓는다는 말이지요.

**동두서미** 동두서미(東頭西尾)는 한자 '동녘 동', '머리 두', '서녘 서', '꼬리 미'로 구성된 말이에요. 제사상에 올리는 음식에서 머리와 꼬리를 구분할 수 있는 것은 머리를 동쪽에 두고, 꼬리를 서쪽으로 향하도록 두는 방식을 말합

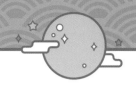

니다.

　이러한 방식은 반드시 지켜야 할 법칙 같은 것이 아니며 지역과 집안마다 다를 수 있어요. 무엇보다 중요한 것은 조상의 은혜에 감사하고 가족들이 앞으로 더 잘 살아가도록 바라는 마음이겠지요.

# 대망의
# 떡메치기 대회

대회 신청을 하고 나서 할머니와 아빠는 올리버에게 떡메치기를 설명하느라 여념이 없었다. 떡메치기는 말 그대로 떡판에 떡 반죽을 올린 뒤 떡메로 치는 것이다. 떡메로 반죽을 잘 쳐야 떡 속에 든 공기가 없어져서 떡이 찰지고 맛이 좋아진다. 아빠는 올리버에게 떡메 치는 영상까지 찾아 보여 주었다.

"올리버 파워맨. 오케이?"

올리버는 팔에 힘을 주며 말했다.

"올리버 효누, 원, 하나 팀입니다."

그 말에 엄마는 둘이 한 팀이니 옷 색깔을 맞추자고 했다.

'어쩌다 옷까지.'

나는 얼결에 올리버와 옷까지 맞춰 입었다. 올리버는 뭐가 그리 좋은지 입이 귀에 걸렸다. 자꾸 나만 보면 원팀이라고 하며 하이파이브를 했다.

다음 날, 떡메치기 대회는 초등학교 운동장에서 열렸다. 옷을 맞춰 입은 팀이 많아서 엄마 말대로 티셔츠를 맞춰 입기를 잘했다는 생각이 들었다.

양복을 입은 군수 아저씨가 단상에서 마이크를 잡았다.

"친애하고 존경하는 군민 여러분! 올해도 전통과 역사를 자랑하는 떡메치기 대회에 참여해 주서서 대단히 감사합니다. 사실 떡메치기 대회에서 1등은 중요하지 않습니다. 모두 즐겁게, 그리고 안전하게 대회를 즐기시면 됩니다."

군수님의 말에 마을 사람들은 모두 웃으며 박수를 쳤다. 군수님이 내려오자 진행자가 마이크를 잡았다.

"자, 떡메치기 대회를 시작하겠습니다! 선수들은 앞으로 나와 주시기 바랍니다."

하얀색 티셔츠를 입은 올리버와 나는 등번호 20번을 달았다.

"자, 한 분은 떡메를 치시고, 한 분은 떡판에 떡 반죽을 떼어 주세요. 무엇보다도 안전이 우선이니까 다치지 않도록 조심해야 합니다. 특히 어린이 안전사고에 유의하셔야 합니다."

진행자 아저씨는 안전을 당부하고 또 당부했다. 올리버는 열심히 고개를 끄덕였다. 올리버가 떡메를 들기만 했는데 관중석에서 응원이 터져 나왔다.

"올리버 파이팅! 이현우 파이팅!"

할머니랑 엄마 목소리였다. 그 소리에 올리버가 활짝 웃으며 손을 크게 흔들었다.

"잉? 이름이 올리버야? 한국 사람인데 이름이 특이하구만."

사람들이 의아해하자 진행자 아저씨가 얼른 대답해 주었다.

"오늘 대회에는 미국에서 온 참가자도 한 분 계십니다. 우리 대회가 세계적이라는 뜻이겠지요?"

익살스러운 아저씨의 말에 관중석에서는 한바탕 웃음소리가 퍼졌다. 우리 팀에게 통역을 맡은 영어 선생님이 다가와 올리버에게 주의 사항을 설명해 주었다. 나도 긴장된 얼굴로 올리버에게 열심히 동작으로 설명했다.

"올리버 쿵, 나… 아니, 미(me)는 쓰윽. 오케이?"

"오케이, 효누. 돈 워리(Don't worry)."

올리버가 내 손을 꼭 잡았다. 그 눈빛이 결연해 보여 나도 침을 꿀꺽 삼켰다.

"자, 준비하시고! 시작! 스타트!"

쿵!

쿵! 쿵!

벌써 여기저기서 떡판을 내리치는 소리가 들렸다. 나도 후

다닥 떡판에 떡 반죽을 올렸다. 올리버도 떡메를 불끈 들었다가 떡판에 내리쳤다.

쿵!

그런데 떡메가 다시 올라가지 않았다.

"올리버 올려!"

"왓?"

"올리버 슥, 번쩍!"

올리버가 내가 동작으로 설명해도 못 알아듣고 초조한 표정을 지었다. 주변이 시끄러워서 못 알아듣는 것 같았다. 뭐라고 해야 할지 몰라 발만 동동 굴리다 번뜩 영어가 떠올랐다.

"하이(high 높은)!"

나는 손을 올리며 크게 소리쳤다. 올리버는 무슨 뜻인지 알아듣고는 떡메를 올렸다. 그 사이 재빨리 반죽을 뒤집었다.

쿵!

올리버는 내가 다칠까 봐 한참 있다가 떡메를 내리쳤다. 아,

마음은 급하고 뭔가 박자가 맞지 않았다.

'어떡하면 좋지?'

그때였다.

"쿵 따아닥, 쿵 따아닥, 쿵 따아닥."

관중들의 응원에 섞여 어떤 박자가 들려왔다. 누군가 박자 소리를 노래하고 있었다. 나도 모르게 같이 박자를 노래하며 떡 반죽을 올렸다. 올리버도 그 소리를 들은 모양인지 노래에 맞춰 떡메를 쳤다. 쿵 소리에 올리버도 쿵, 따아닥 소리에 나도 떡메를 따아닥 닦아 냈다. 그렇게 세 번을 성공했다.

'이거야!'

그런데 곧 두 번째 난관이 찾아왔다. 이번에는 떡 반죽이 문제였다. 몇 번 떡메를 내리치자 반죽이 떡메와 손에 들러붙었다. 질은 밀가루 반죽처럼 엉겨 붙어서 잘 떨어지지 않았다. 다른 팀들도 같은 어려움을 겪는지 난리가 났다.

"어이, 들어 올려!"

떡 메 치 기 대 회

"안 떨어져!"

올리버와 나는 눈이 딱 마주쳤다.

이대로 포기할 수 없다는 굳은 의지가 올리버의 얼굴에서 느껴

졌다. 나도 마찬가지였다.

"현우야, 거시기해라. 뭐시냐, 우리 올리버야. 어터, 어터."

그때 할머니 목소리가 어렴풋이 들렸다.

"어터? 오케이, 오케이. 효누! 물! 워러, 물!"

이번에는 올리버가 할머니의 말을 알아듣고 내게 외쳤다.

"물? 오케이!"

나는 후다닥 천막으로 뛰어가 생수 한 병을 가져왔다. 서둘러 물병을 열어 손에 물을 묻혔다. 신기하게 떡 반죽이 뚝뚝 떨어졌다. 우리를 본 다른 팀들도 물병을 가지러 뛰었다.

두 번째 어려움을 해결한 우리는 그때부터 노래하며 떡메를 쳤다. '쿵' 박자 소리에 맞춰 올리버가 떡메를 치면 나는 '따아닥'에 떡 반죽을 떼어 냈다. 손에 물이 묻자 떡 반죽은 잘 들러붙지 않았다.

쿵 따아닥, 쿵 따아닥, 쿵 따아닥.

나와 올리버는 정말 한 팀이 되어 찰지게 떡메치기를 했다. 박자가 딱딱 맞아떨어지자 흥이 나서 엉덩이도 씰룩거렸다. 내 엉덩이춤에 사람들이 웃음을 터트렸다.

"올리버 파이팅!"

"이현우 파이팅! 짝짝짝짝!"

그때 호루라기 소리가 났다.

"그만, 이제 멈춰 주세요, 스탑!"

정신없이 노래 부르고 춤을 추다 보니 어느새 경기 시간이 끝나 있었다.

"떡메를 떡판에 올려주세요. 선수들, 고생 많았습니다."

"올리버, 이현우 최고! 멋쟁이!"

"현우 형, 멋쟁이!"

어? 현구다. 관중석에 현구와 할머니, 엄마, 아빠 그리고 작은아빠가 있었다. 현구는 한 손에 응원용 손 짝짝이를 들고, 다른 손으로는 손 마이크를 하고 있었다.

'쿵 따아닥, 쿵 따아닥.'

박자 소리는 현구가 낸 것이다. 나는 반가움이 배가 되어 손을 크게 흔들었다. 못 온다던 현구가 와서 더욱 기뻤다. 온 가족이 나와 올리버를 응원했다는 생각에 한껏 들떴다. 올리버도 씨익 웃으며 내 머리를 쓰다듬어 주었다. 나는 흥분한 목

소리로 외쳤다.

"올리버! 우리 진짜 잘 맞는 거 같아요!"

▼▼▼

곧 결과를 발표했다. 떡메치기 1등은 등 번호 2번 할머니와 손녀 팀이었다.

"역시, 삼대 떡집 사장님 떡메치기 솜씨는 따를 수가 없군요. 축하합니다."

진행자 아저씨가 웃으면서 1등을 소개했다.

"떡메치기 2등은 바로, 참가 번호 20번 팀입니다."

"20번이라고요?"

나는 얼떨떨한 얼굴로 벌떡 일어났다. 올리버도 기뻐서 어쩔 줄 몰랐다.

"어스? 와우, 나이스!"

올리버는 나를 번쩍 안고 뱅글뱅글 돌았다. 할머니와 엄마도 흐뭇하게 우리를 보았다. 작은아빠, 아빠도 연신 싱글벙글이었다.

"우아, 우리 형이 2등이다."

현구는 하늘로 날아오를 듯 방방 뛰었다.

"마미! 하이파이브!"

올리버는 할머니를 '마미'라고 부르며 손을 번쩍 들었다.

"할머니. '마미'는 엄마라는 뜻이에요."

내가 재빨리 할머니에게 알려주었다.

"오냐, 오냐. 그려, 그려. 우리 올리버!"

할머니는 올리버와 손바닥을 마주치며 무척 좋아했다. 할머니의 웃는 얼굴이 보니 뿌듯함이 이루 말할 수 없었다. 올리버와 내가 받은 상품은 한복과 인절미였다. 우리는 의기양양한 얼굴로 상품을 들고 집으로 돌아왔다. 정말이지 잊을 수 없는 대회였다.

# 명절마다 챙겨 먹는
# 음식이 있어요

　노래하며 떡메치기를 하다니 정말 아이디어가 기발하
지요? 그런데 실제로 떡을 소재로 한 옛 노래들이 있어요.
'떡 타령'을 들어 보면 '세상에 이렇게 많은 떡이 있다니!'
싶을 정도로 수많은 떡이 나와요.

　'정월 보름 달 떡이요, 이월 한식 송병이요, 삼월 삼질
쑥떡이요.'

　가사만 봐도 절기와 계절에 먹는 떡이 무엇인지 알 수

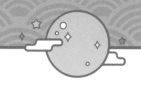

있어요. 지역 특징을 알 수 있는 떡들도 나온답니다.

'떡떡 배피떡, 기피고물 찬시리떡, 서울 사람은 설기떡, 전라도 사람은 찰떡, 제주 사람은 감자떡, 황해도 사람은 서숙떡, 경상도 사람은 기정떡.'

우리 조상들은 명절, 잔칫날이나 제삿날에 꼭 떡을 만들어 먹었어요. 생일 때도 떡을 해서 서로서로 나눠 먹었지요.

예로부터 우리 조상들은 붉은색이 나쁜 기운을 몰아낸다고 여겼어요. 그래서 이사할 때나 큰일을 시작할 때 붉은 팥이 들어간 시루떡을 해 먹었어요.

아기가 태어나서 처음 맞는 생일을 '돌'이라고 해요. 돌이 되면 잔치를 벌였는데 이때는 백설기와 수수경단을 해 먹었어요. 아기가 건강하게 오래 살기를 바라는 마음을 담은 떡이지요.

떡은 삼국 시대 이전부터 만들었다는 기록이 있어요. 쌀

이 매우 귀하던 옛날에 떡은 특별한 날에만 먹는 귀한 음식이었지요. 그래서 한 번 만들면 서로서로 나누어 먹었어요.

그런데 떡 말고도 명절마다 온 가족이 만들어 먹는 대표 음식들이 또 있어요. 하나씩 살펴볼게요.

## 설날에 먹는 뜨끈한 떡국

설날을 대표하는 음식은 바로 떡국이에요. 하얀 쌀로 가래떡을 만들고 그것을 굳힌 뒤 얇게 썰어서  끓여 먹는 음식이에요. 설날에 떡국을 먹는 이유는 떡국 재료인 가래떡처럼 길게 오래 살라는 바람 때문이에요. 동그란 모양의 떡을 먹고 돈을 벌기를 바라는 뜻도 있다고 해요. 이처럼 설날이 되면 밥 대신에 떡

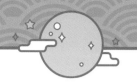

국을 먹었어요. 떡국을 먹어야 비로소 나이 한 살을 더 먹었다고 생각했어요.

## 정월 대보름에 먹는 알찬 오곡밥

정월 대보름에는 오곡밥을 지어서 묵은 나물과 함께 먹었어요. 오곡밥은 찹쌀, 수수, 조, 콩, 팥 등 다섯 가지 곡식으로 지은 밥이에요. 오곡밥에 풍년을 바라는 마음을 담았다고 해요. 지난 봄과 가을에 말려 둔 나물을 함께 먹었는데 그래야 여름에 더위를 타지 않는다고 믿었어요.

정월 대보름에는 부럼도 깨물어요. 부럼은 호두, 땅콩과 같은 딱딱한 견과류를 말해요. 부럼을 깨트려 먹어야 1년 동안 부스럼 없이 지나간다고 생각했어요.

## 단오에 먹는 쫄깃한 수리취떡

단오에 먹는 수리취떡은 늦봄과 초여름에 잘 자란 수리취 잎사귀를 뜯어 멥쌀가루에 섞어 만든 떡이에요. 수레바퀴 모양의 떡살에 떡을 찍어 내서 수리취떡이라고 불렀어요. 옛날 사람들은 단옷날이 양기(陽氣)가 강한 때여서 약초의 효험이 제일 좋다고 여겼어요. 그래서 이로운 풀이라는 뜻을 가진 익모초의 즙을 짜서 마셨는데, 그러면 여름 내내 배탈이 나지 않는다고 믿었어요.

## 추석에 먹는 어여쁜 송편

추석 음식으로는 뭐니 뭐니 해도 송편이지요. 그해 처음

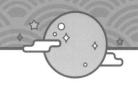

거둔 햅쌀로 반죽하여 햇콩, 팥, 깨, 밤 등을 소로 넣어서
송편을 빚었어요. 보름달처럼 빚기도 하고 반달 모양으로
빚기도 했어요. 푸른 솔잎을 깔아
떡을 쪄내고 가족들이 둘러앉아
송편을 먹고 토란으로 국을 끓인
토란탕을 함께 먹었답니다.

## 동지에 먹는 붉은 팥죽

동지는 밤이 가장 긴 날이에요. 이날에 나쁜 귀신과 재
앙을 막는다는 의미로 붉은 팥죽에 찹쌀로 만든 새알심을
넣어 동지 팥죽을 쑤어 먹었어요. 팥죽에 자기 나이만큼
새알심을 넣어 먹으면 건강해진다고 믿었대요.

막장
송편이라니!

"뷰티풀. 컬러가 너무 알흠답습니다."

올리버는 한복을 쓰다듬고 또 쓰다듬었다. 상품으로 받은 한복 상자에는 파랑 저고리에 짙은 감색 바지와 붉은 조끼가 들어 있었다. 우리는 한복을 올리버에게 선물하기로 했다.

"인절미 나눠 먹자."

할머니가 인절미 상자를 풀었다.

"마미! 인졸뮈, 올리버 효누 만든 라이스케이크입니다."

올리버는 인절미를 가리키며 뿌듯해했다. 나도 인절미를 보니 설레기까지 했다. 나와 올리버가 직접 만든 것이라고 생각하니 더 먹음직스러웠다.

"나도 한입!"

현구가 인절미를 입에 쏙 넣었다. 할머니, 엄마, 아빠, 작은아빠도 인절미를 하나씩 먹었다.

평소 나는 떡보다는 빵을 좋아했다. 그런데 오늘은 정말이지 인절미가 몹시 맛있어 보였다. 나도 제일 커다란 인절미로 골라 먹었다.

"우아, 인절미가 원래 이렇게 맛있었어요?"

내가 깜짝 놀라 묻자 어른들이 모두 웃음을 터트렸다.

"우리 현우의 손맛이 들어갔으니 당연히 맛있지!"

"현우야. 그렇게 맛있어? 근데 내 입맛에도 아주 살살 녹는구나."

다들 화기애애하게 인절미를 나누어 먹었다. 모두 웃으며 음식을 나누어 먹자 나는 한껏 기분이 좋아졌다. 그래서 할머니에게 불쑥 말했다.

"할머니 우리 이번에는 송편 만들어요."

"떡 만드는 데 재미 붙였구나. 그래. 그러자!"

할머니가 얼른 떡 반죽을 내왔다.

"나도, 나도! 현우 형이랑 같이 만들래."

인절미 콩가루를 입가에 잔뜩 묻힌 현구가 신난 얼굴로 내 옆에 앉았다.

온 식구가 반죽 양푼을 중심으로 둘러앉았다. 물론 올리버도 빠질 수 없었다.

"가르쳐 주십시오, 마미! 이거 믹스합니까?"

할머니가 송편 소로 넣으려고 가져온 것들을 보며 올리버가 물었다. 콩고물, 통팥, 콩, 밤, 빻은 깨, 팥앙금까지 다양한 재료가 있었다.

"올리버! 이걸 넣어서 이렇게 하면 돼. 한 번 해 봐."

할머니는 떡 반죽을 펴고 그 속에 콩고물을 넣고는 반달 모양으로 접어 보였다. 처음 해 본 것일 텐데도 올리버는 곧잘 할머니가 하는 대로 따라 했다.

"현우 형아! 어떻게 해? 나도 보여 줘야 돼. 현우 형?"

현구는 나를 부르고 또 불렀다.

"아이구, 현우 닳겠다."

인절미에 이어 송편까지 제패하고 싶었다. 나는 빻은 깨를 소로 넣고 송편을 야무지게 빚었다.

"나도 나도 깨 넣을래. 형아처럼 만들래."

현구도 깨를 한가득 떠서 반죽 안에 담았다.

"오냐, 오냐. 다들 넣고 싶은 소로 만들어 봐."

"허허, 식구들이 모여 송편을 빚으니 좋네요."

작은아빠가 너털웃음을 지으며 한마디 했다.

"으 으윽, 나 화장실."

　　송편을 빚는다고 반죽을 주무르던 현구가 다급하게 외치자

식구들이 까르르 웃었다.

　　"어쩐지 인절미를 많이 먹더라. 얼른 댕겨 와라. 나올 때는

손 꼭 씻어."

할머니가 현구의 엉덩이를 통통 두드리며 말했다.

"으, 으읏! 급해요!"

그게 더 큰 신호를 불렀는지 현구는 비명을 지르더니 반죽을 든 채 벌떡 일어섰다.

"녀석아, 급해도 반죽은 놓고 가야지."

"앗, 알아욧!"

현구가 반죽을 놓고 화장실을 향해 뛰었다.

얼마 후 현구는 후련한 표정으로 돌아왔다. 다들 송편을 빚는 재미에 빠져 현구를 보지 않았는데, 현구는 꼼지락대며 챙겨 온 것을 옆에 두더니 송편을 빚었다. 그러더니 의기양양하게 말했다.

"짠! 할머니, 내 꺼는 엄청 맛있을 거예요. 방금 초콜릿 넣었거든요."

"오! 초콜릿!"

현구 말에 올리버가 반가운지 목소리를 높였다. 할머니는 웃으며 말했다.

"녀석, 초콜릿이 어디 있어. 팥앙금이겠지."

"어? 아냐. 저기 있었어."

할머니의 말에 현구는 고개를 갸우뚱했다.

"자, 첫 송편입니다. 다들 맛보세요."

송편을 거의 다 만들자 아빠는 송편을 쪄서 한 접시 갖고 왔다. 송편에서 알싸한 솔잎 냄새가 났다.

"쏭편입니까? 마미! 컬러가 너무너무 예쁩니다. 굿 스멜!"

"멀리서 온 우리 올리버가 먼저 먹어 봐야지."

"오케이, 마미!"

신기하게도 영어 하나 모르는 할머니가 올리버랑 제일 말이 잘 통했다. 올리버가 마미라고 부른 뒤부터 더 잘 통하는 것 같았다.

올리버는 김이 모락모락 나는 송편 중 하나를 집어 들었다.

그리고 기대에 찬 얼굴로 송편을 한입 베어 물었다. 다들 하나씩 송편을 집었다.

"으, 음… 어, 어?"

송편을 먹은 올리버가 어깨를 으쓱했다. 고개를 갸웃거리며 어색하게 웃기까지 했다. 인절미를 먹을 때와 반응이 사뭇 달랐다. 인절미 때는 "원더풀!"을 연신 외치며 좋아했는데, 지금은 먹던 송편을 슬쩍 내려놓기까지 했다.

"올리버 입에는 송편이 잘 안 맞나 보네. 그나저나 현구가 잘 먹네. 그새 두 개째야."

아빠 말처럼 현구는 한 개를 순식간에 해치우고 재빨리 또 송편을 집어 들었다. 그런데 그게 하필 올리버가 먹다 둔 송편이었다.

"자, 이거 먹어라. 현우야."

나는 걱정스러운 얼굴로 올리버를 보나 할머니가 준 송편을 받고 막 입에 넣으려고 했다.

"어? 형아, 안 돼!"

현구는 재빨리 내 손에 든 송편을 빼앗았다.

"어허, 현구야. 송편 많으니까. 다른 거 먹어. 현우 꺼를 왜 가져가니?"

내가 얼떨떨한 얼굴로 보고 있자 작은아빠가 현구를 타이 렀다.

"아냐, 그게 아니야. 그게 아니라고."

현구는 곧 울 듯한 표정으로 말했다. 그제야 식구들 모두 현 구를 쳐다보았다.

"초콜릿이… 초콜릿이 이상하다니까. 이거 초콜릿 아니에

요?"

현구가 엉덩이 옆에 둔 작은 종지를 내밀었다. 흑갈색 크림 같은 것이 거기에 있었다.

"아이구. 그건 막장인데?"

"마, 막장이 뭐예요?"

현구가 묻자 할머니는 오늘 특제 된장찌개를 끓이기 위해 직접 만든 보리 막장을 퍼 두었다는 것이다. 식탁 위에 올려 둔 막장은 색깔이 까맣고 고왔다. 현구가 언뜻 보기에는 마치 초콜릿 무스

처럼 생겨서 당연히 초콜릿인 줄 알았던 것이다. 특별한 송편을 만들 생각에 현구가 막장을 떠서 송편을 두 개 만들었는데, 그중 하나를 올리버가 먹은 거다.

올리버가 남긴 송편을 먹은 현구가 그제야 그게 초콜릿이 아닌 걸 알았는데 마침 내가 먹으려고 하니 후다닥 빼앗은 것이다.

"아이고! 귀한 손님한테 아주 귀한 소를 넣은 떡을 줬구나."

"횬구 쏭편 좋습니다. 아주 유니크합니다."

아빠에게서 사정을 들은 올리버는 현구를 향해 엄지를 치켜세웠다.

"미, 미안해요."

현구가 머리를 긁적이며 말하자 올리버가 웃으며 괜찮다고 거듭 이야기했다.

"근데 신기해요. 이게 된장이라니. 현구야, 나도 초콜릿처럼 보여."

내가 신기해하며 막장을 살펴보자 할머니가 웃으며 말했다.

"허허허, 내가 80년 넘게 살았다만, 막장 송편은 또 처음 보는구나."

할머니 말에 너도나도 웃음을 터트렸다.

# 24절기는
# 무엇일까요?

옛 기념일은 설과 추석처럼 음력으로만 되어 있을까요? 그렇지 않아요. 양력으로 된 '24절기'도 있어요. 절기는 태양의 위치에 따라 1년을 보름씩 쪼개서 만든 시간 단위예요. 음력이 초승달에서 보름달까지 보름 단위로 변하니까 절기도 보름씩 나누었지요. 24절기는 계절의 변화를 알기 위해 만들었어요. 봄에 들어서는 입춘으로 시작해서 일 년 중 가장 춥다는 대한까지 총 24개의 절기로 돼 있어요.

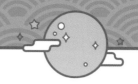

## 봄 절기

입춘은 봄이 들어서는 때로 2월 4일쯤이에요. 우수는 눈이 그치고 비가 오는 때로 2월 19일쯤이고, 겨울잠을 자던 개구리가 땅 밖으로 나오는 경칩은 3월 5일쯤에 해당돼요. 춘분은 밤과 낮 길이가 같은 봄의 한가운데로 3월 20일쯤이랍니다. 따뜻하고 화창한 청명은 4월 4일쯤이고, 곡우는 봄비를 맞으면서 곡식이 움트는 때인데 4월 19일쯤이랍니다.

## 여름 절기

5월 5일인 입하는 더위가 시작되는 때예요. 5월 20일쯤인 소만은 푸른 식물이 가득한 시기지요. 6월 5일쯤인 만종

은 씨를 뿌려 농사를 시작하는 때랍니다. 6월 21일쯤인 하지는 낮의 길이가 가장 긴 여름의 한가운데고요. 7월 6일쯤인 소서는 작은 더위, 7월 22일쯤인 대서는 큰 더위가 있는 시기지요.

## 가을 절기

입추는 8월 7일쯤으로 가을이 시작되는 때이고 처서는 8월 22일쯤으로 더위가 한풀 꺾이는 시기예요. 백로는 9월 7일쯤으로 이슬이 맺히는 때이고, 9월 22일쯤인 추분은 밤과 낮의 길이가 같은 가을 한가운데랍니다. 한로는 10월 8일쯤으로 이슬이 차가워지는 때이고 10월 23일쯤인 상강은 서리가 내리는 시기랍니다.

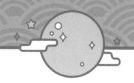

# 겨울 절기

입동은 11월 7일쯤으로 겨울에 접어드는 때이고, 11월 22일쯤인 소설은 눈이 내리는 때예요. 12월 7일쯤인 대설은 큰 눈이 내리는 시기이고, 12월 22일쯤인 동지는 겨울의 한가운데지요. 1월 6일쯤인 소한은 작은 추위, 1월 20일쯤인 대한은 큰 추위가 오는 때예요.

24절기는 계절 변화를 잘 알려 주어 농사일에 아주 중요한 역할을 했어요.

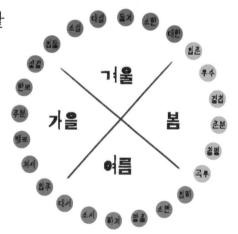

# 모든 날이 추석만 같아라

식구들이 깨끗한 옷으로 갈아입고 차례상 앞에 섰다.

"올리버도 인사합니다. 한복 입었습니다. 마미! 올리버 멋집니까?"

올리버는 할머니 앞에서 한복 자랑을 했다. 그런데 올리버가 한복 입은 모습이 매우 이상했다. 허리띠는 겉으로 나와 있고, 바짓부리는 펄럭였다.

"이리 와 보게. 내가 도와줄 테니. 큰사폭이 오른쪽으로 작은사폭이 왼쪽으로 가야 해. 바지는 대님으로 매야 단정하지."

할머니는 올리버가 한복을 고쳐 입도록 도와주었다.

"올리버! 배우 같아요."

현구가 올리버를 올려다보며 말했다. 눈치껏 칭찬을 알아들은 올리버는 현구에게 고맙다고 말했다.

올리버가 걸을 때마다 사각사각 소리가 났다. 올리버는 사각사각 소리가 재미있는지 자꾸만 대청마루를 오가다가 아빠에게 영어로 말했다.

"오! 멋진 말이야. 올리버가 한복이 자기에게 속삭이는 것 같답니다. 사각사각 소리가 마치 말을 거는 것 같다네요."

"정말 시적인 표현이네."

아빠 말에 작은아빠가 대꾸했다. 내가 들어도 꽤나 멋진 말 같아서 공책에 적어 두고 싶었다.

'다음에 나도 한복 입고 저렇게 말해야지.'

차례를 지내는 과정을 올리버는 카메라로 담았다. 차례상에
올린 음식을 찍고 또 찍었다.

"올리버! 나도!"

현구는 우스꽝스런 포즈와 브이를 하고 올리버를 불렀다.

올리버는 싱긋 웃으며 현구를 카메라로 찍어 주었다.

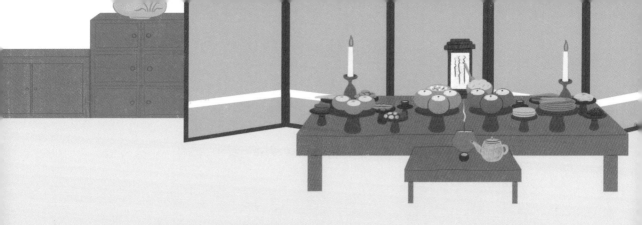

"형! 현우 형도 빨리!"

현구는 내 손을 잡아끌어 차례상 옆에 섰다. 나도 못 이기는 척 손가락 하트를 했다. 현구가 같이 찍자고 해서 현구처럼 재미있는 포즈를 했다. 나도 모르게 자꾸 웃음이 났다.

차례를 지낸 다음에는 할아버지 산소에 갔다.

"한식 때 왔었죠? 그때는 푸릇푸릇하더니 지금은 깊은 가을이네요."

성묘를 하고 나서 엄마가 할아버지 묘를 둘러보며 말했다.

"시간 참 잘 간다. 내가 젊었을 때만 해도 한식도 큰 명절이었어."

할머니는 할아버지 묘를 지그시 바라보았다. 왠지 나도 할

아버지가 생각났다.

"할머니! 할아버지가 내 이름이랑 현우 형 이름을 지어 주셨어요?"

"그럼. 네 아빠랑 큰 아빠 이름도 그렇고."

"와, 할아버지는 이름 짓기 대장이시네요."

현구는 깜짝 놀라서 말했다. 현구 말을 듣고 생각해 보니 우리 아빠랑 작은아빠는 할아버지의 아들이다. 그냥 아빠는 처음부터 아빠였던 게 아니다.

"효누! 다 같이."

올리버가 말하자 가족들이 한데 모여 섰다. 가족들이 모이니 꽤 여러 명이라서 신기했다. 올리버는 웃으며 가족사진을 찍어 주었다. 가을 산과 높은 하늘을 찍기도 했다.

돗자리를 펼치고 식구들이 둘러앉아 과일을 나눠 먹었다.

"마미! 이것은 피크닉입니까?"

"피크닉? 오, 소풍 말이냐? 그렇지, 피크닉이지."

또 통했다. 이쯤 되면 할머니가 영어를 잘 아시는 것일지도 모른다.

"파파가 준 피크닉입니까?"

"파파? 옳거니. 할아버지가 만들어 준 거구나. 올리버 말이 딱 맞네. 올리버 말대로 이렇게 모두 모여서 들에 놀러 오게끔 만들어 준 할아버지한테 고마워해야겠어."

할머니는 할아버지 산소를 한 번 더 바라보았다. 아빠, 작은아빠, 엄마도 할머니처럼 산소를 오래오래 바라보았다.

할아버지는 우리 이름만 만들어 준 게 아니었다. 가을 소풍도 만들어 주었다. 문득 할아버지가 보고 싶었다.

'할아버지, 보고 싶어요.'

나는 속으로 할아버지께 인사했다. 이런 내 마음과 통했는지 현구가 산소를 향해 대뜸 외쳤다.

"할아버지! 고맙습니다. 저는 이현구입니다."

"어머, 기특해라. 현구야. 하늘나라에서 할아버지도 반갑다

고 하실 거야."

엄마가 현구 머리를 쓰다듬었다. 카메라를 든 올리버는 이
모든 풍경을 카메라에 담았다.

집으로 돌아와 날이 어둑어둑해지자 산 너머에서 달이 떠올
랐다. 우리 가족은 모두 동산으로 달맞이를 나왔다. 달은 점
점 더 크고 뚜렷하게 올라왔다.

"우아. 이렇게 달이 커 보이는 건 처음
이야."

두둥실 떠오른 달처럼 내 기분도

두둥실 떠올랐다.

"자, 소원을 빌자꾸나."

할머니는 달을 올려다보며 두 손을 모았다. 올리버도 카메
라를 놓고 손을 모았다. 아빠, 엄마도, 작은아빠도, 나도, 할머
니를 따라 두 손을 모았다. 현구는 두 눈을 꼭 감고 외쳤다.

"하나님! 아니, 달님! 제 소원은 뭐냐면요……."

"소원은 마음속으로 빌어야지."

작은아빠가 현구에게 말했다.

"아, 세뱃돈을 많이 받게 해 달라고 빌려고 했는데, 속으로
만 할게요."

추석에 무슨 세뱃돈이냐며 작은아빠가 현구에게 어이없다

는 얼굴로 말했다. 그 바람에 가족들은 웃음보가 터졌다. 달은 우리의 웃음을 타고 더 크고 밝게 빛나고 있었다.

"현우는 무슨 소원 빌었니?"

엄마가 묻자 나는 씩 웃었다. 그러자 아빠가 선수를 쳤다.

"아마 해외여행 가게 해 달라고 빌었을 것 같은데."

땡! 아빠가 틀렸다. 나는 우리 가족이 언제나 지금처럼 함께 행복하게 해 달라고 빌었다.

'올리버도 끼워 줄까?'

나는 선심 쓰기로 했다. 우리 가족과 올리버가 언제나 지금처럼 행복하기를 바랐다.

달맞이를 끝내고 언덕을 내려왔다. 아쉽지만 현구와 작은 아빠가 돌아가야 한다고 했다. 우리 가족도 내일이면 서울로 돌아가야 한다. 헤어지기가 아쉬워 입술을 부루퉁하게 내밀던 현구가 올리버를 불렀다.

"올리버, 사진 찍어 주세요! 카메라, 카메라."

"오케이!"

올리버는 현구와 나를 카메라로 찍어 주었다. 그리고 나서 아쉬워하는 현구를 번쩍 들어 목마를 태워 주었다. 현구는 신이 나서 까르르 웃었다.

할머니 집에 도착하자마자 현구와 작은아빠는 집으로 돌아갔다. 차에 타기 전에 현구는 아끼는 거라며 대왕 딱지 세 장을 내게 주었다. 사실 나도 이미 갖고 있는 거지만 고맙게 받았다. 선물을 주는 현구가 나보다 더 좋아하는 것 같아 마음이 뭉클했다.

현구와 작은아빠를 배웅하고 나서 집으로 들어가는데 갑자기 올리버가 말했다.

"모두 고맙습니다. 올리버 너무 행복합니다. 한국 추석 너무너무 좋아요."

나처럼 올리버도 뭉클함을 느꼈던 모양이다.

"그런데, 추석은 왜 추석입니까?"

추석의 의미가 뭔지 궁금해하는 올리버에게 엄마가 말했다.

"가을 추, 저녁 석. 가을 저녁이라는 뜻이지요."

"가을 저녁? 올리버 압니다. 오늘도 내일도, 가을 저녁입니다. 어제도 저녁 있습니다. 그러면 모두 추석입니까?"

"그렇구나. 올리버 말대로 가을 모든 날이 추석인 셈이네."

할머니가 웃으며 고개를 끄덕였다. 올리버는 한국말도 잘 못하면서 은근히 멋진 말을 많이 한다. 정말이지 이 말도 적어 두고 싶었다.

"'한가위만 같아라' 하고 빌 게 아니네. 이미 많은 가을날이 한가위로구나. 올리버 덕분에 좋은 날을 많이 갖게 돼서 좋네. 멋져, 올리버!"

할머니가 엄지를 척 치켜세우자 올리버는 활짝 웃었다.

"고맙습니다, 마미!"

올리버는 미국으로 돌아가면 이번에 찍은 사진과 영상을 보내 주겠다고 약속했다.

그날 밤, 자기 전에 나는 올리버에게 소곤소곤하며 물었다.

"올리버, 설날도 올 수 있어요?"

올리버의 두 눈이 커졌다. 그러더니 나를 와락 끌어안고 볼 뽀뽀를 해 댔다.

"오브 코스, 물론입니다!"

# 24절기를 재치 있게 이야기한 속담을 살펴보아요

24절기를 이용한 재미있는 속담들이 많이 있어요. 하나씩 살펴볼까요?

"입춘에 장독 (오줌독) 깨진다"

'봄이 서는 시기'인 입춘은 양력으로 따지면 2월 초에 해당해요. 2월은 아직 겨울 추위가 남아 있는 때이지요. 그래서 이 시기의 추위가 생각보다 심해서 장독이 깨진다는

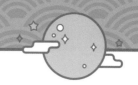

속담이 생겼답니다.

"청명에는 부지깽이를 꽂아도 싹이 난다"
4월 초인 청명을 두고 말하는 속담이랍니다. 부지깽이는 아궁이에 불을 땔 때 나무를 밀어 넣거나 뒤적이는 도구예요. 그런데 생명이 없는 부지깽이에도 싹이 난다는 말은 이 시기의 논밭에는 무엇을 심든지 싹이 잘 트는 시기라는 뜻이지요. 날이 풀렸으니 봄 농사를 준비하라는 것을 재미있게 표현하고 있어요.

"우수 경칩에는 대동강 물도 풀린다"
우수는 2월 19일쯤, 경칩은 3월 5일쯤이잖아요. 이때는 겨울이 지나고 얼어붙은 강물과 땅이 풀리는 시기예요. 그래서 새해 농사 준비를 서두르라는 뜻이지요.

"곡우에 비가 오면 풍년이 든다"

4월 중순을 넘어선 시기인 곡우에는 볍씨를 뿌려 모를 길러 내고는 했어요. 이것을 '못자리'라고 해요. 그런데 이 시기에 비가 내리면 씨앗이 잘 터서 자라게 되지요. 그래서 곡우에 비가 오면 한 해 농사가 잘될 거라고 예상했답니다. 씨앗부터 잘 트니 모가 아주 잘 자랄 거라고 생각한 거지요. 올해 곡우에도 비가 올까요?


"하지가 지나면 발을 물꼬에 담그고 산다"

하지는 6월 21일쯤으로 벼가 자라는 때예요. 이 시기에 벼는 물이 가장 많이 필요하다고 해요. 그래서 논에 물을 대야 하므로 농부가 바쁘다는 뜻이에요.

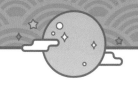

"소서가 넘으면 새 각시도 모를 심는다"

소서는 양력 7월 6일쯤이에요. 이때는 한여름이어서 보통 모내기가 끝날 때예요. 그러니 소서까지 모내기를 못했다면 그야말로 큰일이지요. 이런 집에서는 애고 어른이고 젊은이고 늙은이고 간에 모두 모내기에 나서야 하겠지요? 설령 갓 시집 온 새 각시라고 해도 모내기에 빠져나갈 수는 없지요. 모두 힘을 합해서 모내기를 끝내야 하니까요.


"입추 때는 벼 자라는 소리에 개가 짖는다"

봄의 시작을 알리는 입춘처럼, 가을의 시작을 알리는 절기는 입추이지요. 입추 때는 8월 8일경으로 벼가 한창 잘 자라는 시기예요. 얼마나 잘 자라냐면 벼가 자라는 소리가 들릴 정도로 무럭무럭 자란대요. 그 소리를 듣고 개가 짖을 정도로 말이에요. 어쩌면 그만큼 벼가 잘 자라기를

117

바라는 조상님들의 마음이 담겨 있는 것이지도 모르지요.

절기를 이야기하는 속담의 재치가 돋보이지 않나요?

"처서가 지나면 풀도 울며 돌아간다"

벼가 무럭무럭 자라는 여름을 지나 이제 가을이 되어 가

요. 처서는 8월 후반으로 여름이 끝나가는 시기예요. 무럭

무럭 자라나던 세상 만물이 이제 슬슬 성장을 멈추고 익어

가는 시기지요. 쑥쑥 자라던 풀도 처서가 지나면 점점 시

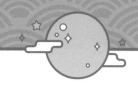

들고 말라가지요. 이것을 '풀도 울며 돌아간다'고 표현한 것이 무척이나 정겹게 느껴집니다.


"한로 상강에 겉보리 간다"

한로 즈음에는 보리를 뿌려야 한다는 뜻이에요. 늦어도 상강 전에는 보리 파종을 마쳐야 한다는 중요한 뜻이 있는 속담이랍니다.


"배꼽은 작아도 동지 팥죽을 잘 먹는다"

이게 대체 무슨 뜻을 지닌 속담일까요? 동짓날에는 팥죽을 먹어요. 옛날에는 역병을 옮기는 귀신이 싫어한다는 붉은팥으로 죽을 쑤어서 먹으면 귀신도 쫓고 나쁜 일을 막는다고 믿었어요. 그래서 동지 팥죽을 대문에 뿌리기도 했답니다.

배꼽이 작다는 의미는 밥을 먹는 배가 작다는 뜻이에요. 다시 말해 밥을 조금 먹는다는 말이지요. 그런데 밥을 조금 먹는 사람조차도 동지 팥죽은 정말 맛있기 때문에 잘 먹는다는 뜻이 있지요. 또한 이 속담은 겉보기에는 별 볼 일 없어 보이는 사람이 하는 일과 능력이 뛰어날 때도 쓴답니다.

"대한이 소한 집에 가서 얼어 죽는다"

소한(小寒)은 한자로 작은 추위를 뜻해요. 양력 1월 초가 소한에 해당하지요. 대한(大寒)은 한자로 큰 추위를 뜻해요. 양력 1월 후반에 해당해요. 한자 뜻으로는 소한보다 대한이 더 큰 추위인데, 실제로는 소한 때가 훨씬 추워요. 그래서 이 속담은 보통 생각하는 바와 실제가 다르다는 것을 일깨워 줘요. 그러니 절기의 이름과 같이, 이론만

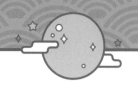

믿고 모든 것을 판단하지 말고 경계하라는 의미로도 쓰인 답니다.

## "눈은 보리 이불이다"

대설은 겨울 중에서도 특히 눈이 많이 내리는 때에요. 이 시기에는 땅속에서 한겨울을 나고 있는 보리도 눈을 맞을 수밖에 없어요. 그런데 눈이 많이 내리면 보리에게는 오히려 도움이 된다고 해요. 왜냐하면 눈이 보드라운 이불 역할을 해서 추위로부터 보리를 보호해 주거든요. 그래서 눈이 많이 오는 해에는 보리가 풍년이 든다는 말이 있답니다.

# 명절이 기다려지는 이유

"현우야. 설날 해외여행 안 가고 싶어? 올리버랑 양평에서
보내려면 그때도 해외여행은 못 갈 텐데?"

집으로 오는 차 안에서 아빠가 내게 말했다.

"어?"

"아까 올리버가 자랑하던데? '효누가 설에도 여기서 같이
보내자고 해씁니다!'라고 말이야."

아빠가 익살맞게 올리버 흉내를 냈다. 옆자리에 앉은 올리버가 아빠의 흉내를 보고 웃음을 터트렸다.

나는 머리를 긁적였다.

아, 맞다. 해외여행. 그걸 까먹고 있었다. 해외여행 얘기를 듣고 보니 민규 생각이 났다. 신기하게도 민규가 부럽다는 생각을 한 번도 하지 않고 추석 연휴를 보냈다.

"해외여행은 여름 방학 때 가도 되고, 다른 때 가도 되잖아. 추석이랑 설은 할머니네 가는 것도 좋은 거 같아."

"어머! 우리 현우가 달라졌어요."

운전하던 엄마가 웃으며 말했다.

"효누는 아주 멋진 친구입니다. 멋쟁이 효오누입니다."

엄마 말에 나는 어깨를 으쓱했다. 크게 달라졌다기보다는 할머니와 현구, 작은아빠, 올리버와 함께 보낸 명절이 얼마나 즐거운지 알게 된 것뿐이다.

집에 도착하고 나서 올리버는 곧 미국으로 돌아갔다. 공항

까지 올리버를 배웅하고 나니 긴 연휴가 끝나 있었다.

연휴가 끝나고 등교한 첫날 교실은 아침부터 시끌벅적했다.

"태국 진짜 덥더라. 코끼리랑 사진도 찍었어!"

태국에 다녀왔다는 명석이가 큰소리로 떠들고 있었다. 친구들은 명석이 주변을 둘러싸며 태국 여행담에 귀를 기울였다. 그런데 이상하게 민규가 조용했다. 사실 명석이보다 민규가 더 크게 떠들 줄 알았는데 말이다.

"민규야. 미국은 어땠어? 자유의 여신상도 봤어?"

은수가 민규에게 묻자 다들 궁금한지 민규 쪽을 보았다.

"어? 어… 재밌었어. 큰 건물도 많고 뭐……."

"그리고 또."

"뭐, 뭐 봤어? 어디, 어디 갔어?"

반 친구들이 민규 옆으로 모여들었다.

"나이아가라 폭포에 갔어. 폭포가 엄청나게 컸어. 사람 소리가 안 들리더라니까."

"우아, 진짜? 폭포에서 뭐했어? 사진도 찍었지?"

"응? 그냥 뭐. 그런데 현우 너는 어디 다녀왔어? 일본? 중국?"

민규는 가만히 있는 나를 불렀다. 나이아가라 폭포 얘기나 하지 왜 갑자기 내 얘기를 묻는지 모르겠다.

"정말, 현우 너는 어디 갔어?"

은수도 내게 물었다.

"양평 할머니댁에 다녀왔어."

"으음……."

친구들 반응이 별로였다. 나는 의기양양하게 말했다.

"추석은 가을 저녁이지."

"그게 무슨 소리야?"

명석이 뜬금없다는 듯이 나를 보았다.

"추석은 이름 붙일 만한 가을 저녁이라는 뜻이야. 달맞이하면서 조상에게 감사하는 날이라는 거지."

내 말에 반 아이들이 눈을 동그랗게 떴다. 민규와 은수는 뭐라 대꾸할 말도 잊은 모양이었다.

곧 1교시가 시작되었다.

"추석을 어떻게 보냈는지 발표하는 시간을 가져 볼까요? 누가 먼저 해 볼래요?"

선생님 말에 아이들이 우물쭈물했다. 명석이 손을 번쩍 들고 섰다.

"저는 이번 추석에 가족들과 함께 태국 여행을 다녀왔습니다. 태국에서 코끼리랑 사진도 찍고 팟타이도 먹었어요!"

으스대며 말하는 명석을 아이들은 부러운 눈으로 보았다.

"연휴를 태국에서 보내다니 새로운 경험이었겠네. 자, 명석이 다음으로 누가 해 볼까요?"

아무도 손을 들지 않자 명석이 민규를 불렀지만 민규는 내키지 않는지 고개를 가로저었다.

"자, 우리 반 회장 성호는 어떻게 보냈니?"

명석이 다음으로 성호가 추석 연휴에 놀이동산에 간 얘기를 했다. 하지만 성호 다음에도 아무도 연휴를 어떻게 보냈는지 이야기하려 들지 않았다. 다들 뭔가 자랑할 만한 것을 말해야

할 것 같은 눈치였다. 나도 자랑할 만한 건 없지만 이번 명절
은 정말 기억에 남았다.

나는 손을 번쩍 들었다.

"저는 이번 추석에 양평 할머니 댁에 갔습니다. 보고 싶은
할머니를 보니 정말 좋았습니다. 할머니, 아빠, 엄마, 친척들
그리고 미국에서 온 올리버와 함께 즐겁게 보냈습니다. 특히
떡메치기 대회에 나가 2등을 한 건 잊지 못할 것 같아요. 아,
그리고 실수로 사촌 동생이 송편에 막장을 넣어 만들었는데,
그것도 정말 잊지 못할 것 같습니다."

내 말에 아이들이 흥미로운 눈빛을 빛냈다.

"막장이 뭐야? 그걸로 송편을 만들 수 있어?"

"우웩. 나 막장 알아. 그거 된장 같은 건데!"

"막장 송편은 벌칙으로 먹는 거야?"

아이들이 까르르 웃자 나도 신이 나 말했다.

"제일 좋았던 건요. 온 가족이랑 달맞이를 간 거였어요. 보

128

름달이 정말 크고 가까워 보였어요. 가을 저녁의 달맞이는 정말 예쁘니까 다음에 꼭 달맞이를 해 보세요. 아, 추석은 가을 추, 저녁 석이라는 한자예요."

"오오!"

반 친구들이 놀라는 소리는 냈다.

"현우가 추석 한자를 정확히 알고 있네."

선생님도 웃으며 말하자 나는 기분이 한껏 좋아졌다.

"실은 저도 추석 연휴 전에는 해외여행을 가고 싶어서 울기도 했어요. 그런데 미국에서 온 올리버가 추석을 기대하는 걸보고 저도 추석이 어떤 명절인지 생각해 보게 되었어요. 못봤던 친척들도 보니까 좋고, 다 같이 하는 추석놀이도 재미있어요. 올리버는 한복이 움직일 때 나는 소리가 꼭 옷이 자기에게 소곤소곤 말을 거는 것 같대요. 다음 설에도 우리나라에와서 함께 명절을 보내기로 했어요. 그래서 저는 설날도 정말기다려져요. 정말 즐겁고 멋진 추석이었습니다."

내가 말을 마치자 친구들은 큰 박수를 보냈다.

"현우는 추석을 정말 소중하고 알차게 보냈구나."

선생님은 흐뭇하게 웃으며 말씀하셨다.

▼ ▼ ▼

쉬는 시간에 친구들이 민규에게 자꾸 미국 여행에 대해 물어보자 민규는 고개를 저었다.

"나 미국에서 줄만 서다 왔어."

민규의 말에 아이들은 의아한 얼굴이 되었다. 민규는 미국에서 가는 데마다 관광객이 너무 많은 탓에 줄을 선 기억뿐이라고 했다. 게다가 너무 기간이 짧았던 터라 놀기보다 이동한 시간이 더 많다고 했다. 해외여행을 자랑하던 민규의 기가 팍 죽은 것 같았다.

130

그날 밤, 아빠가 전자 우편을 보여 주었다. 올리버가 보낸 편지였다. 한글을 배우고 있다고 하더니 직접 한글로 편지를 쓴 것이다.

날마다 좋은 날이었습니다.

하루하루 이름을 붙이고 싶은 날이었습니다.

행복했습니다. 설날을 기다립니다.

나의 마미가 있고, 해근, 해완, 경희, 현우, 현구가 있

는 나라이기 때문입니다.

사랑합니다.

올리버의 편지를 우리 식구들은 읽고 또 읽었다. 나는 잠들기 전에 올리버의 편지를 한 번 더 생각했다. '하루하루 이름 붙이고 싶은 날'이었다니. 올리버는 정말 근사한 표현을 잘도 만든다. 올리버의 '효누' 소리가 들리는 것 같아 나도 모르게 웃음이 났다.

얼른 설날이 왔으면 좋겠다. 반가운 가족들, 올리버와 맞이하는 새해는 또 얼마나 잊지 못할 시간이 될지 벌써 기다려진다.

# 세계에는
# 어떤 명절이 있을까요?

우리나라에는 명절이 되면 멀리 있던 가족들이 모여 즐겁게 명절을 보내요. 그렇다면 다른 나라들은 어떨까요? 다른 나라에도 우리나라의 추석, 설날과 같은 명절이 있을까요? 그때가 되면 가족들이 모여 함께 시간을 보낼까요?

## 새해를 시작하는 것을 기념하는 명절

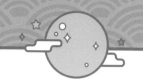

우리나라의 설날과 같은 명절이 중국에도 있어요. 중국에서 음력 1월 1일은 '춘절'이라고 하며, 중국의 가장 큰 명절이랍니다.

춘절 연휴에는 사람들이 고향을 찾아가고 세뱃돈을 주고받는다고 해요. 이날은 '교자'라고 하는 만두를 만들어 먹고 아침에 폭죽을 터트려 악귀를 쫓아요. 대문에는 '복(福)'자를 거꾸로 붙이는 풍습이 있는데, 그렇게 하면 복이 들어온다고 믿기 때문이랍니다.

베트남도 음력 1월 1일이 '뗏'이라는 설날이에요. 베트남에서 가장 큰 명절이랍니다. 이

날은 가족이 모여서 행복과 풍요를 빌어요. 아이들은 어른들께 세배를 하고 세뱃돈을 받아요. 찹쌀에 돼지고기와 녹두를 넣은 '반쯩'이라는 음식을 먹고 불꽃놀이를 하는 등 새해맞이를 한대요.

몽골의 설날 역시 음력 1월 1일이에요. '차강 사르'라고 하며 몽골 말로는 '하얀 달'이라는 뜻이래요. 이날 가족들이 새벽 일찍 산에 올라가서 한 해의 행운을 빈답니다.

일본은 양력 1월 1일이 '오쇼가츠'라고 불리는 설날이에요. 이날은 문 앞을 소나무와 대나무로 장식해 놓고 새해 요리를 먹어요.

## 한 해 농사를 수확하며 가족과 기념하는 명절

그렇다면 우리나라 추석에 해당하는 명절이 다른 나라

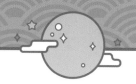

에도 있을까요? 물론이에요!

중국에는 '중추절'이 있어요. 날짜도 우리나라 추석과 같은 음력 8월 15일이에요. 우리처럼 달맞이를 하는데, 달에게 제사도 지내고 풍년을 기원한다고 해요. 이날은 보름달처럼 둥근 월병 과자를 먹는데, 월병은 밤이나 팥 혹은 고기나 채소를 넣어서 만든답니다.

일본은 양력 8월 15일에 추수 감사도 하고 조상과 부모를 생각하는 날로 보내요. 이날을 '오봉절'이라고 하지요. 조상의 영혼이 찾아오도록 등을 켜 놓기도 한답니다.

미국에는 11월 네 번째 목요일을 '추수 감사절'로 지내요. 이날은 미국에 정착한 영국 이주민들이 자신들에게 본래 농사짓는 법을 가르쳐 준 인디언들에게 고마움을 전하고 수확한 것을 하나님께 감사드리기 위해 축제를 연 날이었어요. 이것이 지금의 추수 감사절로 된 것이지요. 이

날은 우리나라처럼 사람들이 가족을 찾아서 고향으로 모여든다고 합니다.

만성절은 11월 1일로 모든 성인들의 위대함을 기억하고 기리는 날이에요. 가톨릭 교회와 기독교에서 기념하는 날인데, 가톨릭 신자가 아주 많은 필리핀에서 이날을 우리나라의 추석처럼 지낸답니다. 이날에는 음식과 촛불을 준비해서 조상의 묘를 찾아가 기도를 드리고 하루 종일 가족과 보낸답니다.

베트남의 '뗏쭝투'라는 명절은 우리의 추석과 같은 음력

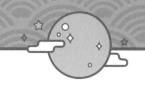

8월 15일이에요. 이날에는 녹두 앙금과 고기 등 다양한 소를 넣은 월병을 만들어 먹어요. 그리고 저녁에는 차례상에 차와 과일 등을 올리고 제사를 지낸다고 해요.

　나라마다 명절의 이름, 의미와 날짜는 조금씩 다르지만 조상께 감사하고 가족과 행복한 시간을 보낸다는 점은 비슷해요. 우리나라 속담 중 '더도 말고 덜도 말고 한가위만 같아라.'라는 속담이 있어요. 추석 때는 음식을 풍성하게 차려 놓고 사랑하는 가족과 즐겁게 지내지요. 그만큼 행복한 때이니 항상 한가위처럼 행복하자는 의미로 쓰는 말이랍니다.

# 교과 연계
---------

**1학년 1학기  통합(여름1)**    1. 우리는 가족입니다

**1학년 2학기  통합(가을1)**    2. 현규의 추석

**2학년 1학기  통합(여름2)**    1. 이런 집 저런 집

**3학년 2학기  사회**    2. 시대마다 다른 삶의 모습

**3학년  도덕**    3. 사랑이 가득한 우리 집

**3학년 2학기  국어**    4. 감상을 나타내요